KB093443

잭 the 뱀파이어

잭 the 뱀파이어

ⓒ 박지선 2020

초판 1쇄	2020년 5월 8일		
지은이	박지선		
출판책임	박성규	펴낸이	이정원
편집주간	선우미정	펴낸곳	도서출판 들녘
디자인진행	김정호	등록일자	1987년 12월 12일
편집	이수연·김혜민·이채진	등록번호	10-156
디자인	한채린		
마케팅	전병우	주소	경기도 파주시 회동길 198
경영지원	김은주·장경선	전화	031-955-7374 (대표)
제작관리	구법모		031-955-7381 (편집)
물류관리	엄철용	팩스	031-955-7393
		이메일	dulnyouk@dulnyouk.co.kr
		홈페이지	www.dulnyouk.co.kr
ISBN	9791159255342(03810)	CIP	2020015612

이 도서의 국립중앙도서관 출판예정도서목록(CIP)은 서지정보유통지원시스템 홈페이지(http://seoji.nl.go.kr)와
국가자료공동목록시스템(http://www.nl.go.kr/kolisnet)에서 이용하실 수 있습니다.

박지선 장편 소설

잭 the 뱀파이어

잭   세계를 돌아다니던 중 신라에서 그를 붙잡는 여인을 만났다. 순혈뱀파이어라는 자부심과 능력이 있지만 인간 세상에서는 방관자였다. 고노미를 만나고서 사람과 함께 일을 하게 된다.

고노미   잭을 바꾸는 여인이 된다. 평범한데 해야 하는 일은 성실하게 한다. 잭을 만난 것은 행운이었고 불행의 시작이었다.

진혜린   잭을 붙잡은 여인이다. 어떠한 시대가 와도 적응을 잘했지만 자신을 잃어버리고 말았다. 질투인지 집착인지 모를 감정을 품으면서 잭을 파멸시킬 음모를 꾸민다.

김변호사　잭을 만나고 나서 그의 인생이 크게 변했다. 잭의 능력으로 재산을 불리고 대신 그의 생활을 관리하고 있지만 개인적인 일들은 고노미에게 맡겼다.

전성호　잭을 스타로 만들어 자신이 성공할 계획을 세운다. 잭과 계약하기 위해서 옛 애인이었던 고노미에게 접근한다.

차 례

　　"안에 있는 거 다 압니다."

　　초인종 소리가 거칠게 문 두드리는 소리로 변했다. 고노미
는 눈을 비비며 일어나 현관으로 갔다. 인터폰 화면에 양복을
말끔하게 차려입은 남자가 보였다. 사채업자일지도 모른다.
고노미는 자기도 모르게 숨을 죽였다. 아무도 없는 척 가만히
있었다. 발뒤꿈치를 들고 뒷걸음질 치는데 텔레비전 옆에 둔
핸드폰에서 벨이 울렸다. 인터폰 속의 남자가 핸드폰을 들고
다른 한쪽 손으로 전화를 받으라고 손짓하고 있었다. 인터폰
에서 다시금 목소리가 흘러나왔다.

　　"안에 있는 거 다 압니다."

남자는 자신을 김 변호사라고 소개했다.

"누구라고요?"

김 변호사가 서류를 내밀었다. 고노미가 유산을 상속받는다는 내용이었다.

"유산이요? 제가요?"

고노미의 반문에 김 변호사는 할머니 옥예랑 씨가 주는 거라고 대답했다.

"부모님이 할머니 얘기는 한 적이 없는데."

김 변호사가 희끗한 머리를 긁적거리며 대답했다.

"돌아가신 옥예랑 님의 말씀으로는 고노미 씨의 부모님과 사이가 나빠서 왕래가 없었다고 하더군요. 돌아가실 때가 되니까 자식 생각이 나신 거죠. 부모님께서 돌아가셨으니 유일한 혈육인 고노미 씨가 전 재산을 상속받게 된 겁니다. 여기에 서명하세요."

"어, 얼마나 되는데요?"

"부동산과 연금을 포함해서 꽤 많습니다. 옥예랑 님께서는 손녀인 고노미 씨가 갑자기 유산을 많이 상속받으면 낭비할까 걱정하셨습니다. 그래서 제게 관리를 맡기시면서 고노미 씨에게 매달 생활비를 지급하라고 하셨습니다."

읽어보니 변호사가 말한 그대로였다. 귀찮은 건 딱 질색인

데다 잠도 부족한 터에 충격적인 상황까지 겹치자 스멀스멀 혈압이 상승하는 것 같았다.

"저는 아무것도 모르니까… 변호사님께서 잘 관리해주세요."

만족한 듯 고개를 끄덕거린 김 변호사는 서명된 서류들을 챙겨들고 현관으로 갔다. 문을 열려다 말고 김 변호사가 고노미에게 말했다. 큰일 날 뻔했다는 표정이었다.

"참, 유산을 상속 받는 데 조건이 하나 있습니다."

"조건이라니요?"

"잭을 돌보셔야 합니다."

"잭이요?"

"네. 잭이 사고를 치지 않게 막아주고, 수습도 하셔야 합니다. 어렵지는 않을 겁니다."

"사고요?"

"평상시에는 얌전합니다만 가끔 대형 사고를 치니 잘 지켜봐야 합니다."

고노미가 더 캐물으려 하자 김 변호사는 얼른 구두를 신었다.

"그냥 말썽꾸러기 애완동물이라고 생각하시면 됩니다. 무슨 일 생기면 저한테 전화하시고요."

"알았어요. 할머니 장례는 언제인가요?"

"사흘 후입니다. 유언대로 화장해서 납골당에 안치될 겁니다. 내일 제 사무실로 오시면 나머지 절차를 밟을 수 있게 조치해드리겠습니다."

김 변호사는 명함을 남겨놓고 떠났다. 명함을 챙긴 고노미는 차근차근 기억을 더듬어봤다. 돌아가신 부모님에게서는 물론이고 어느 누구에게서도 할머니 이야기를 들은 적이 없었다. 고노미는 뒤통수를 벅벅 긁으며 소파에 털썩 주저앉아 콘프레이크를 한 입 털어넣었다. 김 변호사가 놓고 간 서류를 다시 들여다봤다. 사진 한 장, 기억 한 조각 없는 할머니는 얼마인지 모를 유산을 털컥 남겨놓고 떠나갔다. 고노미는 텅 빈 텔레비전 화면을 쳐다봤다. 검은 화면에 부스스한 머리를 한 얼빠진 듯 핏기 없는 얼굴이 하나 보였다. 그 얼굴에 차츰 화색이 돌기 시작했다.

고노미는 마침내 벌떡 일어나 환성을 질렀다. 유산을 상속받으면 그동안 백수로 지내느라 불어났던 빚과 밀린 월세를 한 방에 갚을 수 있다. 더는 사채업자 때문에 두려워하지 않아도 된다. 그제야 현실 인식을 마친 고노미는 펄쩍펄쩍 뛰며 소리를 지르기 시작했다.

일은 일사천리로 진행되었다. 고노미는 다음 날 아침 일찍 강남에 있는 김 변호사의 사무실로 찾아갔다. 고노미의 속사정을 들은 김 변호사는 입주 전까지 문제를 해결해주겠다고 약속했다.

"입주요?"

"아, 말씀 안 드렸나요? 옥예랑 씨는 파주에 있는 저택에서 말년까지 지내셨습니다. 고노미 씨도 거기서 지내실 겁니다."

"전 서울이 좋은데요."

"잭과 함께 서울에서 사는 건 무리일 텐데요."

테 없는 안경을 밀어 올리며 김 변호사가 대답했다. 유산을 상속받는다는 사실 때문에 흥분해서 깜빡 잊고 있었던 '잭'의 존재가 갑자기 궁금해졌다.

"잭이 뭔가요? 설마 호랑이나 악어 같은 건가요?"

"그런 거 아니니까 염려마세요. 아무튼 집도 넓고 조용해서 지낼 만할 겁니다. 원하시면 자동차도 준비해드리겠습니다. 나중에 이사하더라도 당분간은 거기서 지내는 게 좋습니다."

결국 잭에 대한 정보는 하나도 얻지 못했지만 고노미도 더는 묻지 않았다. 운영하던 인터넷 쇼핑몰이 망하면서 엄청난 빚더미에 깔려 죽게 된 마당인데 괜히 까탈스럽게 굴어 행운을 놓치고 싶지 않았다. 암, 이 기막힌 로또종이를 쓰레기통에 처박을 수야 없지. 고노미는 잠자코 고개를 끄덕였다. 김 변호사가 또 물었다.

"이삿짐센터를 알아봐드릴까요?"

"믿음직한 곳이면 좋겠어요."

이삿짐이라고 할 만한 것도 없지만 뭔가 오기를 한 번 부려보고 싶었다. 김 변호사는 전화기로 비서에게 포장이사를 전문으로 하는 이삿짐센터를 알아보라고 지시했다.

"내일 오전 10시까지 보내드리겠습니다. 들어가실 집의 비밀번호는 이사 후 도착했다고 전화주시면 바로 문자로 보내드리겠습니다."

이삿짐센터 직원들은 다음 날 오전 10시에 정확히 들이닥쳤다. 신속하게 짐을 포장해서 밖에 있는 트럭에 실었다. 사채업자 다음으로 자주 문을 두드렸던 주인 할머니가 갑자기 표정을 바꾸더니 '잘 살라'는 축하인사까지 건넸다. 대충 인사를 마친 고노미는 옆구리에 큼지막한 부엉이가 새겨진 트럭에 올라탔다.

차는 자유로를 따라 한참 달리더니 고속도로 중간에 나 있는 길로 빠졌다. 비닐하우스와 논밭이 차츰 많아지는가 싶은 순간 트럭은 어느새 작은 시골 마을에 도착했다. 고노미는 여기쯤인가 하고 내릴 준비를 했다. 그러나 트럭은 마을을 쌩 하고 지나쳐 산중턱까지 직진했다. 구불구불한 길을 따라 한참 올라가더니 붉은색 대문 앞에 섰다. 직원이 차에서 내려 대문을 활짝 열었다. 문이 열리자 일제강점기에 지어졌을 법한 옛날 집이 나타났다. 모서리에 대리석을 덧댄 빨간색 벽돌로 지은 몸채에 지붕은 뾰족하다고 할 만큼 가팔랐다. 트럭을 운전한 아저씨가 나지막이 투덜거렸다.

"이거, 귀신 나오게 생겼군."

고노미가 김 변호사에게 집에 도착했다고 문자를 넣자 곧바로 현관문의 비밀번호 숫자 네 개가 도착했다. 겉모양은 귀곡산장인데 전자도어는 최신형이다.

비밀번호를 누르고 안으로 들어서니 넓은 거실과 2층으로 올라가는 계단이 보였다. 거실에 놓인 가구며 집안 분위기가 1970년대쯤에서 멈춘 것 같았다. 직원들은 카펫이 깔린 거실에 짐을 쌓아놓고 뒤도 돌아보지 않고 떠났다.

고노미는 일단 냉장고부터 찾았다. 생수를 하나 꺼내들고 2층으로 올라갔다. 2층에 있는 방들은 하나 같이 비어 있거나 침대만 덜렁 놓여 있었다. 사람의 온기라곤 도통 남아 있지 않았다. 할머니는 아마도 자신의 마지막 시간을 병원에서 보낸 모양이다. 다락방처럼 된 3층까지 둘러보고 나서야 잭이 생각났다. 내려오면서 잭의 이름을 계속 불렀지만 아무도 나오지 않았다. 고노미는 거실로 내려와 김 변호사한테 전화를 걸었다.

"집 안을 둘러보는 중인데요, 잭은 어디에 있나요?"

"나갔나 봅니다. 알아서 하니까 사고 치기 전까지는 크게 신경 쓰지 않아도 됩니다."

"돌봐줘야 하잖아요? 그게 상속의 조건이라고…."

"사고를 저지르는지 지켜보시면 됩니다. 수습하기 어려운 일이 터지면 저한테 연락하세요. 참, 내일이 장례식입니다. 시간에 맞춰서 차를 보내겠습니다."

김 변호사는 자기 할 말만 하고 전화를 끊어버렸다. 잭은 어디에 있는 걸까? 집에 도착하기 전까지만 해도 고노미는 잭이라는 미지의 무엇이 할머니처럼 늙어빠진 개나 고양이라고 짐작했다. 하지만 집 안 어디에도 동물을 기른 흔적 따위는 보이지 않았다. 혹시나 하고 밖으로 나가서 마당을 구석구석 살펴봤지만 마찬가지였다.

잭은 다음 날에도 모습을 드러내지 않았다. 김 변호사가 보내준 차를 타고 화장터에 도착했을 때는 이미 화장이 끝난 뒤였다. 김 변호사는 고인의 재가 담긴 작은 항아리를 안고 고노미를 기다리고 있었다. 변호사가 알려준 납골당에 항아리를 놓고, 향을 피운 뒤 잠시 고개를 숙였다. 김 변호사는 '다 끝났으니 편히 쉬시라'는 말을 남기고 떠났다. 고노미도 차를 타고 집으로 돌아왔다.

생판 알지 못했던 할머니, 할머니의 죽음과 유산 상속…. 머릿속이 온통 뒤죽박죽 개운하지 않았다. 속도 울렁거리는 듯싶었다. 고노미는 '이럴 땐 몸 움직이는 게 최고야' 하며 집안 청소를 시작했다. 하지만 집이 생각보다 너무 넓어서 거실만 치우는 데도 반나절이 걸렸다. 고노미는 낡은 청소기를 던져버리고 될 대로 되라는 심정으로 커다란 소파에 드러누웠다. 웬만한 침대보다 큰 소파였다. 고노미는 곧 잠이 들었다. 이사를 와서 그런지 한국에 들어올 무렵의 상황이 꿈에 나타났다. 할아버지의 유해를 한국에 모시기로 결정한 부모님은 아예 한국에서 살기로 결정하셨다.

"한국에 돌아가자. 불고기도 먹고, 김치도 담그면서 말이야. 어때?"

항상 유쾌하고 활발하며 호기심이 왕성하셨던 두 분은 이웃에게 인기가 많았다. 그러나 딸의 의견은 묻지도 않고 미국 이민을 결정했을 때와 똑같이 역이민을 하는 것도 너무나 쉽게 결정해버렸다. 자식에게 이상적인 부모는 아니었을지 몰라도 언제나 무슨 일에든 호기심과 열정을 다해 움직이셨던 좋은 분들. 하지만 부모님께서는 한국으로 돌아와 사업을 준비하던 중 교통사고로 돌아가셨다. 두 분이 함께. 고노미가 대학에 입학하던 해의 일이었다.

다음 날에도, 그다음 날에도 잭은 오지 않았다. 집에서 머문 지 이틀째 되는 날, 자동차 회사 영업사원이 근사한 차를 몰고 와서 열쇠를 건넸다. 같은 날 신용카드도 도착했다. 오지 않는 건 잭뿐이었다. 고노미는 다시 한 번 김 변호사에게 전화했지만 돌아온 대답은 같았다.

"오랫동안 안 보인 적도 많으니까 걱정하지 마세요."

걱정되는 게 아니라 궁금해서 미치겠다는 말은 차마 할 수 없었다.

"자동차랑 신용카드는 잘 받으셨습니까?"

"아침에 받았어요. 이거 정말 제가 써도 되는 거예요?"

"물론이지요. 그곳에서 생활하려면 차가 꼭 필요할 겁니다. 자동차 보험에 대해서는 조수석에 있는 명함으로 전화해보시면 되고, 아 참. 고노미 씨 사채 건도 어제부로 깨끗하게 정리했습니다."

"오오, 정말 감사합니다."

김 변호사는 항상 이런 식이었다. 다행스러운 점은 걱정과 달리 지낼 만했다는 것이다. 지긋지긋한 사채업자의 전화도 없고 밀린 월세를 독촉하는 할머니의 앙칼진 목소리도 없는 세상은 천국이었다. 인생에서 처음으로 찾아온 '불안감 제로'의 순간. '잭'만 빼고 말이다. 도대체 잭은 언제쯤 오는 걸까?

이사 온 지 2주쯤 지났을 무렵, 거실에 놓여 있는 고색창연한 디자인의 전화기가 '띠리링' 울렸다. 고노미는 얼른 수화기를 들었다.

"여보세요?"

"잭 있나요?"

낯선 여자가 잭의 이름을 말하니 왠지 모르게 반가웠다.

"없는데요."

"아직 안 들어왔다고요? 잭은 보셨나요?"

"아뇨. 이 집에 이사 온 뒤로 한 번도 못 봤는데요."

"유산 상속 조건에 대해 듣지 못하셨나 봐요?"

꼬치꼬치 캐묻는 여자의 말투에 고노미는 기분이 확 상했다. 하지만 얌전하게 대답했다.

"알고 있어요. 저도 궁금해서 김 변호사한테 전화했더니 언젠가는 들어올 테니 신경 쓰지 말라고 하던데요."

"뭐 틀린 말은 아니지만, 내가 고노미 씨라면 잭을 찾아나
섰을 거예요. 그러다가 잭이 사고라도 치게 되면 당신만 힘들
아질 테니까."

"저도 찾고 싶어요. 어디 가면 찾을 수 있죠?"

"음, 당신한테는 무리예요. 지금은 사정이 있어서 못 가지
만 조만간 집으로 찾아갈게요. 그리고 팁을 하나 드리자면,
잭이 화를 내면 먹을 걸 주어야 하니 시장을 좀 보세요. 소시
지랑 토마토주스를 꼭 준비하세요."

전화가 뚝 끊겼다. 고노미가 요즘 들어 새로 만나는 사람들
은 하나같이 자기 할 말만 하고 전화를 끊었다. 돌아가신 할
머니는 대체 어떤 사람이었기에 주변에 이런 사람들만 있는
지 문득 궁금해졌다.

먹고살 걱정을 하지 않아 마음은 편했지만 잭이라는 존재
는 계속 신경 쓰였다. 잭이 소시지를 좋아한다는 말을 듣고
고노미는 대형 마트에 가서 소시지를 종류별로 사고 토마토
주스도 샀다. 어떤 걸 좋아할지 몰라 눈에 보이는 대로 과일
이며 고기통조림을 담고 벌크용 냉동만두도 샀다. 고노미는
장 봐온 식료품을 냉장고에 정리한 다음 사은품으로 받은 인

스턴트 우동을 끓여 먹었다. 뜨거운 국물을 들이키면서 잭에 대해 이러쿵저러쿵 묻던 여자를 떠올렸다. 대체 누구이기에 사정을 잘 아는 걸까?

그렇게 또 며칠이 흘렀다. 지루해진 고노미는 집 안 구석구석을 쓸고 닦았다. 이런 큰 집에서 혼자 사셨으니 할머니가 잭에게 많이 의지한 건 당연했을 것이다. 혹시, 잭이 할머니가 돌아가신 것을 알고 상심해 있는 건 아닐까?

고노미는 청소를 하다가 2층으로 올라가는 계단 아래 지하실로 내려가는 문이 있는 것을 발견했다. 단단하게 잠겨 있었다. 그런데 집 안에 있는 열쇠 가운데엔 맞는 게 없었다. 할 수 없이 여는 것을 포기하고 다락방에 올라가 상자들을 정리했다. 옛날 옷이 대부분이었다. 마지막 상자에서는 니콘 카메라가 나왔다. 카메라를 보는 순간 고노미는 그 남자와 쇼핑몰을 운영했던 시절이 떠올랐다. 갑자기 기분이 울적해졌다. 정리하던 것을 팽개치고 계단을 내려오는데 어디에선가 TV 소리가 들렸다.

누군가가 들어온 것 같다. 사채업자일 리는 없는데. 고노미
는 살금살금 조심스럽게 계단을 내려갔다. 거실 소파에 한 남
자가 긴 다리를 쭉 펴고 누워 TV를 보고 있었다. 소파 아래에
는 남자가 흘린 팝콘이 여기저기 흩어져 있었다. 남자는 연신
방정맞게 깔깔 웃었다. 절반 이상을 흘리면서 팝콘을 집어먹
고 있었다. 언제 꺼내왔는지 냉장고에 넣어둔 토마토주스를
페트병째로 벌컥벌컥 마셨다. 김 변호사가 빚을 다 갚았다고
했는데… 아직 빚이 남아 있었나? 어쨌든 옛날의 고노미가
아니니까 강하게 나가기로 했다.

"잠깐만요! 팝콘 흘리지 말아요. 당신 누군데 함부로 남의
집에 들어온 거예요?"

남자는 똑바로 앉아 팝콘을 한 입에 다 털어 넣고 고노미를 위아래로 훑어봤다.

"나… 지으어어요."

제법 정중한 몸짓으로 말을 했지만 입안에 가득한 팝콘 때문에 무슨 말을 하는 것인지 알아듣지 못했다. 남자가 팝콘을 꼭꼭 씹어 넘기고 토마토주스를 다 마실 때까지 고노미는 그 모습을 인내심을 가지고 쳐다보았다. '커억' 하고 트림을 하더니 마침내 알아들을 수 있게 말했다.

"난 잭이야. 당신이 이 집의 주인인가? 생각보다 나이가 많아 보이는군."

처음 만난 남자에게 노인네 취급을 받자 고노미는 평정심이 흩어졌다.

"잭? 내가 돌봐야 할 잭? 강아지나 고양이, 하다못해 원숭이가 아니라 당신이 잭?!"

"당신이 돌봐야 할 잭, 나 맞아."

"누군가의 보살핌이 필요한 것 같지 않은데. 아주 멀쩡해 보이는걸요!"

순간 남자의 눈에서 빛이 났다. 매섭게 고노미를 쳐다보는 눈에 붉은색이 나타났다가 사라졌다.

"보이는 게 다가 아니지. 그래서, 날 돌보기 싫다는 건가?"

진지한 말투로 물어보기에는 적절하지 않은 내용이었다. 유산을 받는 대가가 이 사람을 돌보는 것이라니. 다 큰 남자를 어떻게 돌보라는 것인지 감이 오지 않았다. 허둥지둥 핸드폰을 찾는데 잭이 물었다.

"토마토주스. 더 없어?"

냉장고에 있다고 대답하려다 말고 고노미는 소파 아래 뒹굴고 있는 빈 페트병들을 보고 기어이 한숨을 쉬고 말았다.

"그게 다예요."

"다음에는 다른 회사 것도 사놔. 소시지도 좀 더 갖다 놓고."

잭이 발치에 놓여 있던 천하장사 소시지통을 집어 들면서 덧붙였다.

"지하는 내 구역이니까 절대로 올 생각 말고. 팝콘도 더 사다놔. 그리고 청소기 소리는 싫으니까 가정부한테 빗자루로 쓸라고 해."

"이, 이봐요."

"내 말대로 안 하면 제대로 돌보지 않았다고 변호사한테 말할 테니까 알아서 해."

"야! 잭!"

잭은 자기 할 말만 하고 지하실로 내려갔다. 고노미는 잭이 주인을 잃고 방황하는 불쌍한 애완동물이라든지 할머니가 외로움을 달래기 위해 입양한 어린아이 정도일 거라고 예상했다. 생각의 반은 맞은 셈이었다. 몸만 성인이고, 머리는 싸가지 없는 어린아이였다. 정신을 수습한 고노미는 서둘러 김 변호사에게 전화를 걸었다. 뭔가 속은 기분이 들었기 때문이다. 고노미는 김 변호사가 전화를 받자마자 래퍼처럼 말을 쏟아냈다.

"김 변호사님! 잭이 키 크고, 팝콘을 여기저기 흘리면서 먹고, 자기 말만 하는 싸가지 없는 남자 맞나요?"

"토마토주스도 찾지 않던가요?"

"안 찾긴요. 내가 사다놓은 거 다 마셨어요."

"잭이 왔군요! 별다른 일은 없나요? 혹시 기분이 나빠 보이지는 않던가요?"

"제 기분이 나쁜데요!"

고노미는 잭의 기분부터 걱정하는 김 변호사에게 서운해 소리를 꽥 지르며 전화를 끊었다. 사다놓은 팝콘을 몽땅 버리고 청소기로 집 안 구석구석을 청소했다. 윙윙거리는 소리가 날 때마다 기분이 조금씩 나아졌다. 소파 아래까지 구석구석 밀었다.

"청소기 소리는 싫으니까 빗자루로 쓸라고? 쳇! 청소를 내가 하지, 자기가 하나?"

일부러 지하실 입구에 청소기를 틀어놓았다. 그러자 지하실 문이 열리더니 잭이 나왔다. 긴 다리로 성큼성큼 다가왔다. 고노미는 자기도 모르게 청소기의 '꺼짐' 스위치를 눌렀다. 왠지 기어들어가는 목소리가 흘러나왔다.

"파…팝콘 때문에 집이 엉망이 돼서…. 지금 치우지 않으면 바닥에 팝콘이 눌러 붙을 거고, 벌레도 생길 거고…."

잭이 긴 손가락으로 고노미의 턱을 들어 올렸다. 눈이 마주쳤다. 잭의 빼질거리는 눈빛에 고노미가 찔끔하는 사이 빈 소시지 통이 손에 쥐어졌다.

"이것 가지고는 어림도 없으니까 한 박스 더 사와! 토마토 주스도 한 박스 더."

"박스요?"

고노미가 어리둥절해서 물었지만 잭은 어느새 지하실로 내려가고 있었다. 고노미의 손에 껍데기만 남은 소시지 한 통을 남긴 채로.

고노미는 잭의 행방 때문에 안절부절하던 게 생각나서 화가 났다. 걱정하지 말라던 변호사의 말을 떠올리며 분노했다. 잭이 성인 남자라고 한 마디만 해주었다면, 괴팍한 성격을 가지고 있다고 귀띔이라도 해주었다면 이렇게 당황하지는 않았을 텐데. 고노미는 핸드폰을 들고 김 변호사에게 다시 전화를 걸었다.

"상속을 포기하고 싶어요."

저쪽에서 헛기침 소리만 들려왔다.

"저한테 소시지 껍데기를 줬다고요. 청소기에, 가정부에 어
쩌고저쩌고… 저더러 늙었다고 하질 않나. 그리고 어떻게 다
큰 남자랑 단 둘이 한 집에서 살라는 거예요, 네?"

잠자코 있던 김 변호사가 반격을 가했다.

"그 외에 다른 이유는 없습니까? 지금 상속을 포기한다면
빚진 돈 갚은 것도 물어내야 합니다."

고노미는 말문이 막혔다. 절대로 불가능한 일이다. 읍소작
전으로 나갔다.

"저는 잭을 돌볼 수 없을 거 같아요. 잭은 지하실에 박혀서
꼼짝하지 않아요. 따로 돌볼 필요가 없다고요."

"지금처럼만 하시면 됩니다. 제가 밤에 가봐도 되겠습니
까? 잭과도 이야기해봐야 할 거 같군요."

"네. 빨리 와주세요."

통화를 끝낸 고노미는 집을 나와 무작정 차를 몰았다. 어디
로 갈까 고민하다가 시내에 있는 큰 마트로 갔다. 소시지 한
박스와 토마토주스 한 박스를 카트에 넣으면서 스스로를 달
랬다. '이건 그냥 부탁을 들어주는 것뿐이야.'라고. 하지만 마

음은 어두웠다. 김 변호사에게 '빚진 돈'이라는 소리를 듣는 순간 느꼈던 서늘함 때문이다. 영원히 갚을 수 없는 돈 때문에 평생 마음을 졸이고 에너지를 허비하며 살아갈 수는 없는 일이다. 그에 비하면 잭의 소시지 껍데기는 아무것도 아니다.

김 변호사가 도착할 즈음 잭도 지하실에서 나왔다. 지하실에 욕실이라도 있는 건지, 하루 종일 처박혀 있던 사람답지 않게 말끔했다.

"오랜만이야."

김 변호사가 싱긋 웃었다. 잭은 심드렁한 표정으로 대꾸했다.

"별로 반갑진 않군."

잭의 냉담한 대꾸에도 김 변호사는 웃음을 잃지 않았다.

"어디에 있는지 정도는 얘기를 해줘야지."

"이렇게 알아서 오잖아. 심심해서 잠을 좀 오래 잤을 뿐이라고."

"그래도 다음부터는 길게 잔다고 미리 얘기해."

투덕거리던 두 사람은 고노미가 잠깐 부엌으로 간 사이에 화제를 바꿨다. 잭이 먼저 물었다.

"그런데 할망구는 어디 간 거야?"

"나이가 맘에 안 든다고 해서 말이야. 마침 적당한 대상자가 나타났거든."

"저 아줌마는 또 뭐야?"

"고노미 씨는 아직 결혼도 안 했어."

"원래 가족이 없는 사람을 고른 게 아니었나?"

"그 할머니가 오래전에 결혼했었다는 건 알고 있었는데, 손녀가 있더라고. 내 변호사 인생 최대의 실수야."

"엄청난 실수군. 그래서, 할망구는 언제 돌아와?"

"지금 오랜만에 자유의 몸이 되었다고 여기저기 다니고 있어."

"어디서 민폐를 여기저기 끼치고 있겠지."

소시지를 접시에 담아온 고노미가 김 변호사에게 말했다.

"저, 할 말이 있어요. 상속, 포기할래요."

"정말 포기하겠습니까? 아까도 말했지만 이미 사용하신 돈은 돌려주셔야 합니다."

"네. 평생 걸려서라도 갚을게요."

잭이 의자에 앉아서 삐딱한 눈으로 고노미를 쳐다봤다. 기분이 나빠진 고노미는 접시를 테이블에 던지듯 내려놨다. 소시지는 먹기 좋게 껍질이 벗겨져 있었다. 잭이 피식 웃으며 말했다.

"천하장사는 말이야, 다 좋은데 껍질 벗기기가 너무 번거로워. 하지만 벗기고 나면 짜릿하지. 앞으론 소시지에 손대지 마. 상자째 가만두라고."

무시당했다는 생각에 기분이 상한 고노미가 김 변호사에게 거듭 말했다.

"아무튼 그렇게 준비해주세요. 저는 당장 짐 싸서 여길 나갈 거니까."

"갈 곳도 없으면서."

고노미는 잭에게 '어제 만났으면서 내가 갈 데가 없다는 걸 어떻게 알아'라고 쏘아주려다 참았다.

"그거야 뻔하지."

고노미는 속으로 깜짝 놀랐지만 내색하지 않으려고 노력했다. 독심술을 하는 건가? 얼굴에 감정이 드러나는 것 같아 신경이 쓰였다. 소시지를 입 안에 털어 넣은 잭이 낮게 깔린 목소리로 고노미에게 말했다.

"아직 얘기 못 들었나본데. 나 인간 아니야, 그러니까 어디 갈 생각 말고 여기 있어."

"제가 왜요?"

"당장은 네가 필요해. 저 머리 좋다고 자부하는 할아범이 일을 어렵게 만들었다고. 내 얼굴을 본 이상 너한텐 선택의 여지가 없어."

고노미는 사채업자에게 배운 육두문자를 한바탕 쏟아내고 싶었지만 간신히 참았다.

"여기는 개인의 자유가 있는 나라라고요. 저는 갈 거예요. 그리고 왜 아까부터 자꾸 반말이야!"

"넌 못 간다니까. 나 뱀파이어야. 너보다 나이도 수백 살 많으니까 참아!"

"살다 살다 이런 어이없는 소린 처음이네. 당신이 뱀파이어면 난 구미호다!"

"꼬리 없는 것 같은데? 구미호랑은 예전에 몇 번 마주쳤는데 너처럼 못 생기지 않았어."

"진짜 뱀파이어면 박쥐로 변해보든가!"

"나 같은 순혈 뱀파이어한테 그 무슨 실례되는 말이야!"

더 이상 참을 수가 없어진 고노미는 2층으로 올라가 얼마 되지 않는 짐을 싸들고 나왔다. 현관으로 가려는데 잭이 앞을 가로막았다.

"내 허락 없이는 한 발자국도 못 나가."

"야! 네가 뭔데…."

"뱀파이어라니깐!"

그렇게 또 말을 가로챈 잭이 고노미의 가방을 낚아챘다.

"가방 내놔!"

두 사람이 옥신각신 하는 사이 초인종이 울렸다. 김 변호사
가 소리쳤다.

"잠깐! 두 사람 다 조용히 해!"

인터폰 화면에 경찰 두 사람이 보였다.

"받아봐요."

김 변호사의 재촉에 고노미가 얼떨결에 인터폰을 들었다.

- 여보세요.

- 네, 관할 경찰서에서 나왔습니다만.

- 무슨 일이세요?

- 요 며칠 주변 농장에서 동물들이 계속 죽어나갔는데,
  혹시 듣거나 보신 적이 있으신가요?

- 잠시만 기다리세요.

고노미가 한 손으로 전화기를 막고 김 변호사에게 물었다.

"뭐라고 대답해요?"

"얼마 전에 이사 와서 잘 모른다고 하세요. 자넨 얼른 지하
실로 들어가고."

"뭐야? 설마 내가 혼혈 뱀파이어처럼 동물 피를 마셨다고 보는 건 아니겠지?"

김 변호사는 투덜거리는 잭의 등을 떠밀었다.

"말싸움 할 시간 없네. 당분간은 조용히 지내. 고노미 씨는 어서 나가지 않고 뭐 해요."

김 변호사가 순식간에 상황을 정리했다. 밖으로 나간 고노미는 현관 앞에서 경찰과 얘기를 나누고 돌아왔다. 잭은 사라지고 가방과 김 변호사만 남아 있었다.

"시킨 대로 했어요. 그러니까 이제 가방 주세요."

"그러지 말고 조금 더 지내보는 건 어떻습니까? 어차피 잠 자러 가서 한동안 귀찮게 하지 않을 겁니다."

"뱀파이어라면서요? 자고 있는데 와서 제 목을 물어뜯으면요?"

"지금까지 그런 적 없었잖아요. 잭은 순혈 뱀파이어라서 사람이나 동물의 피를 안 먹어도 됩니다."

"맙소사, 뱀파이어에도 계급이 있나요? 당장 잭을 정신병원에 넣는 건 어때요? 할머니가 힘들었을 때 옆에 있어준 건 고맙지만 완전 자뻑에 과대망상에, 싸가지 제로잖아요."

"얘기는 나중에 차차 해도 늦지 않을 겁니다. 지금 순간의 감정대로 움직이면 고노미 씨도 잃는 게 너무 많을 텐데요?"

"좋아요. 그럼 저 남자 정체나 얘기해봐요."

"순혈 뱀파이어라니까요."

"그래요? 그럼 됐으니까 가방 주세요."

고노미가 화를 삭이지 못하겠다는 듯 손을 내밀었다. 김 변호사가 뭐라고 말하려는 찰나 굳게 닫혔던 지하실 문이 벌컥 열렸다. 성큼성큼 걸어 나온 잭이 소시지를 우물우물 씹으며 말했다.

"시끄러워서 잠을 못 자겠네. 내가 뱀파이어라고 하니까 안 믿겨?"

그러더니 부엌까지 훌쩍 날아갔다. 뛰어갔다는 표현이 맞을까? 수십 미터를 단숨에 도약한 잭은 이번에는 벽에 두 발을 딛고 옆으로 섰다. 고노미가 지금 자신이 보고 있는 게 무엇인지 이해하려 애쓰는 사이 잭은 고노미가 서 있는 현관까지 벽을 밟고 건너 오더니 한 손으로 머리카락을 쓱 넘겼다.

"너 지금 속으로 내가 헛것을 본 건지 꿈인지 헷갈린다고 생각했지? 그리고 내가 목을 콱 물어버릴지 모른다고도 생각했고."

"그걸 어떻게…?"

"나, 뱀파이어라고. 순혈 뱀파이어. 인간 속마음 읽는 건 일도 아니지."

그걸로 끝이었다. 고노미는 의식을 잃고 그대로 쓰러져버렸다.

고노미가 눈을 떴을 때 잭은 보이지 않았다. 김 변호사의 한 마디로 혹시나 했던 희망마저 사라져버렸다.

"지하실로 내려갔어요. 그냥 떠나면 가만 안 놔두겠다는 말만 남기고 말이죠."

"당장 경찰에 신고할 거예요."

"뭐라고 할 건가요? 지하실에 뱀파이어가 살고 있으니 잡아가라고 하면 경찰이 달려올까요, 아니면 정신병원 연락처를 알려줄까요?"

고노미는 그대로 주저앉았다. 유산이 굴러 들어왔을 때 덥석 받는 게 아니었다. 뱀파이어는 둘째치고 싸가지 없고 버릇이라고는 눈곱만큼도 찾아볼 수 없는 남자와 한 집에서 지내야 한다는 사실이 화나고 분했다. 물론 실감도 나지 않았다. 고노미가 옆에 앉은 김 변호사에게 망연자실한 목소리로 물었다.

"이제 늑대인간만 나타나면 되나요?"

"잭 말로는 한국에는 없답니다. 있어도 한국에서는 굶어죽기 딱 좋다고 하더군요."

"죄송한데 볼 한 번만 꼬집어주실래요?"

"얼마든지."

김 변호사가 있는 힘껏 볼을 꼬집는 바람에 고노미가 벌떡 일어났다.

"아악! 아파요!"

"꿈이 아니라 현실이니까요."

"맙소사. 뱀파이어한테 물리면 저도 뱀파이어가 되는 건가요? 낮에 못 돌아다니고 밤에는 피를 찾아서 어슬렁거리는?"

"잭은 뱀파이어를 늘리는 일은 하지 않는다고 했습니다. 개체 수가 늘어나면 주목받을 우려가 있으니까요. 아무튼 저도 꽤 오랫동안 잭을 알고 지냈지만 목을 물리지 않았습니다. 염려 마세요."

"말을 안 들으면 죽이기도 하나요?"

고노미의 물음에 김 변호사는 애매한 표정을 지었다.

"그게, 잭이 아까처럼 성질을 부리면 사람들이 거절하는 경우는 못 봤어요. 미리 얘기하지 않은 건 진심으로 미안해요. 유산을 상속받는 대신 뱀파이어랑 살아야 한다고 얘기하면 누가 좋아하겠어요. 성질이 좀 더러운 건 순혈 뱀파이어라는 자부심이 강해서 그런 것뿐입니다. 그러니 다독이면서 잘 지내봐요. 돌아가신 할머님도 그렇게 수십 년 동안 잘 사셨습니다."

"알았어요. 일단 지내보도록 할게요."

"좋습니다! 아까 경찰 문제 때문에 잭은 한동안 집 안에만 있어야 할 겁니다. 밖에 나가지 않게 주의해주시고, 무슨 일 있으면 저한테 전화하세요."

"정말 자고 있는데 들어와서 물어뜯거나 그러지 않겠죠?"

"정 불안하시면 문에 마늘을 달아 놓으세요."

"마늘이요?"

고노미가 질색하자 김 변호사가 대답했다.

"그럼 TV 옆 상자에 들어 있는 은십자가를 문고리에 걸어 놓던가. 아 참, 십자가를 목에 걸면 잭이 고노미 씨의 생각을 엿보지 못할 겁니다. 가까이서 집중해야 하는데 십자가가 있으면 방해를 받는다고 하더군요. 그래서 저도 하나 걸고 다닙니다."

김 변호사가 자기 목에 걸려 있는 은십자가를 보여줬다.

"알았어요."

김 변호사가 돌아가자마자 고노미는 냉큼 은십자가를 꺼내 하나는 목에 걸고 나머지 하나는 방문에 걸었다.

그렇게 뱀파이어와의 동거가 시작되었다.

감옥살이가 시작되었다. 외출 금지령은 잭한테 내려졌지만 고노미도 바깥출입을 마음대로 하지 못했다. 겨우 시장만 왔다갔다 했다.

"하루 종일 보모 노릇만 하고 있지 뭐야. 청소하러 오는 사람들이 있긴 해도 집이 너무 커서 끝이 안 나. 할머니가 예민해서 청소기는 사용하면 안 된다고 신경질을 낸다니까! 그래서 빗자루로 쓸고 걸레로 닦고 손에 물이 마를 날이 없어."

일을 끝내고 마당에 나와 나무에 걸린 하늘을 올려다보면서 고노미는 친구 효주에게 하소연을 했다. 어쩌다 보니 효주에게 전화해 징징거리는 일이 하루 일과가 되어버렸다. 물론 뱀파이어 대신 할머니를 주연으로 등장시키고 몇 가지 일을 적당히 각색해서 털어놨다. 잭에 대해서도 얘기했다. 친구는 잭을 툭 하면 아무 데나 용변을 보는 버릇없는 강아지로 알고 있다. 고노미의 소심한 복수였다. 김 변호사가 다시 찾아온 날도 고노미는 친구들과 통화하느라 여념이 없었다. 창문으로 그 모습을 지켜보던 김 변호사가 잭에게 말했다.

"생각보다 잘 적응하는 것 같은데. 어떻게 생각해?"

"글쎄! 오래 못 갈 줄 알았는데, 투덜대면서도 시키는 대로 잘하더군."

긴 다리를 쭉 펴고 소파에 누운 잭이 소시지를 먹으면서 말했다.

"그럼, 당분간은 함께 지내는 걸로 하지."

"난 그냥 몸종만 있으면 되니까 상관없어. 그나저나 진혜린이라고?"

"응."

"작명 센스 하고는. 아무튼 앞으로의 일은 둘이 알아서 하라고. 귀찮게만 하지 마. 딱 질색이니까."

"그렇게 하지. 너무 오래 살아도 안 좋군. 나태해지니까 말이야."

"그나저나 구해달라고 한 건 어떻게 됐어?"

"이게 맞나?"

가방을 뒤적거린 김 변호사가 손에 쥔 것을 잭에게 던졌다. 잭은 그것을 한 손으로 받아 쥐고는 흐뭇한 눈길로 바라봤다.

"맞아. 옛날 생각이 나는군."

"히페르페론이면 비잔틴제국 말기에 쓰였던 금화로 알고 있는데…. 혹시 1453년 콘스탄티노플이 함락당할 때 그곳에 있었나?"

김 변호사의 물음에 잭이 고개를 저었다.

"기억이 잘 안 나는데, 왜?"

"〈블레이드3〉인가 하는 영화 보니까 거기 나오는 뱀파이어는 예수가 골고다 언덕에서 십자가에 매달리는 걸 봤다고 하더라고. 그 장면이 생각나서."

"십자가 말고 다른 데 매달리는 인간은 봤지."

금화를 손끝으로 가볍게 튕겨서 허공에 날리다가 날쌔게 움켜잡으며 잭이 대꾸했다. 김 변호사는 가방을 챙겨 들고 일어섰다. 현관문을 나서며 그가 한마디했다.

"며칠 후 그녀가 올 거야. 너무 아는 척하지 말라고. 밖에 있는 저 여자가 눈치 채면 골치 아파."

"둔해서 모를 거야. 아무튼 선물 고마워."

잭은 라틴어와 십자가가 새겨진 금화를 들여다보면서 회상에 잠겼다.

♠

1463년 이스탄불.

잭은 햇살이 들어오는 긴 복도를 걸어가다가 터번을 쓴 남자와 마주쳤다. 남자가 반색하며 잭을 포옹했다.

"오랜만이군. 오랫동안 안 보이던데 어디 다녀온 건가?"

"인간들 사이에 흡혈귀가 나타났다고 해서 그곳에 갔었지."

"나도 소문은 들었네. '블라드'라고 했던가?"

"'블라드 체페슈'라고 불리는 왈라키아의 군주야. '말뚝에 꿰어 사람을 죽이는 자'라는 소문을 듣고 진짜 흡혈귀로 만들어볼까 하고 찾아갔지. 너무 잔인한 자라 뱀파이어로 만들었다가는 문제가 커질 것 같아서 그냥 돌아왔어."

잭의 설명을 들은 남자가 너털웃음을 지었다.

"방랑하는 뱀파이어 잭, 이름에 걸맞게 여행을 좋아하는군. 이젠 어디로 떠날 건가?"

"동쪽으로 갈까 생각 중이야."

"맙소사. 잭, 태양빛이 내리쬐는 사막을 건너 동쪽으로? 여왕님께서 걱정이 많네. 그냥 여기서 우리와 함께 지내면 안 될까? 무슬림들이 여길 차지하면서 우릴 귀찮게 하던 대주교도 사라졌네. 자네도 소피아 성당 위에서 십자가가 사라지고 초승달이 세워진 걸 봤지 않나."

남자의 간청에 잭이 웃으며 말했다.

"자네처럼 터번으로 머리를 꽁꽁 감싸고 지내면 견딜 만해. 여왕님이 주신 펜던트가 있으니까 걱정하지 마."

"동쪽은 몇 백 년 전에 갔다 와서 재미없다고 하지 않았나?"

"육백 년 전 즈음에는 엉뚱하게 용왕의 아들이라고 해서 너무 주목을 받았지. 그래서 다시 돌아왔지만 거긴 뭔가 특별한 게 있어."

"정말 그것뿐인가?"

터번 쓴 남자의 말에 잭은 머쓱하게 웃었다.

"실은 거기서 만난 여인에게 실수로 내 피를 주고 말았거든. 그 일로 여왕님께 의논하러 왔던 거야."

"뭐라고 하시던가? 노하지는 않으셨나?"

"순혈 뱀파이어의 피를 받았으니 당장 뱀파이어가 되지는 않을 거라고 하시더군. 대신 노화가 엄청나게 느려져서 우리처럼 거의 영원불멸의 삶을 사는 게 마음에 걸린다고 하셨어. 그래서 나한테 그녀를 지켜보라고 명령하셨고."

"오, 말도 안 돼. 뱀파이어가 어떻게 사람을 지켜준단 말인가?"

"이 펜던트를 그녀에게 주면 가능하다고 하더군."

잭은 반짝거리는 이빨 모양의 장식이 달린 펜던트를 보여 주면서 덧붙였다.

"내 아버지의 어금니로 만든 거야."

"아무튼 어려운 일을 맡았네."

"일단 지켜볼 수 있을 때까지 함께 있을 생각이야. 잠도 잘 거고. 깨어나면 그 여인과 피로 맺어진 유대관계도 깨져 있 겠지."

"그런 일로 잠을 자다니 너무 책임감이 강한 것 아닌가? 혹 시 그 여자를 사랑하는 건가?"

"글쎄…."

잭은 희미하게 웃었다. 터번을 쓴 남자가 어깨를 툭 치면서 말했다.

"아무튼 잘 갔다 오게나."

♠

아주 드물기는 하지만 잭은 가끔 낮에 지하실에서 나왔다. 물론 소시지와 토마토주스 때문이지만. 최근에는 한 가지 이유가 더 추가되었다.

"이건 그냥 팝콘이잖아. 캐러멜팝콘이라고 내가 몇 번 말했어. 너 바보야? 한국말 몰라?"

그럴 때마다 고노미는 팝콘을 절반이나 흘리는 주제에 말이 많다고 욕을 한 바가지 해주고 싶었지만 역시 꾹 참았다. 부엌 한쪽에 박스 채로 쌓아놓은 소시지와 토마토주스는 언제 가져가는지 갖다 놓기 무섭게 없어졌다. 고노미는 친구들을 만나서 같이 쇼핑도 하고 수다도 떨고 싶었지만 잭 때문에 꼼짝하지 못했다. 친구와의 통화 속에서 잭은 점점 더 버릇없고 뚱뚱한 똥개가 되어갔다. 그렇게 스트레스를 해소하면서 고노미는 하루 만에 절반씩 사라지는 소시지를 보고 중얼거렸다.

"정말 뚱뚱한 개를 키우고 있는 거 같아."

물론 잭은 진짜 개에 비해 손이 많이 가지 않았다. 개도, 고양이도, 원숭이도 아닌 뱀파이어니까. 토마토주스를 엄청나게 마시고, 팝콘을 '절반이나' 흘리면서 먹고, 소시지를 너무너무 좋아하는 뱀파이어. 고노미는 가끔씩 찾아오는 경찰에게 "할머니가 돌아가시고 얼마 전에 이사 왔어요." 하며 어리바리 연기만 적당히 하면 되었다.

초인종이 울린 건 잭이 캐러멜팝콘을 열 통이나 먹고 내려간 직후였다. 카펫에 떨어진 팝콘가루를 쓸어내고 소파에 들러붙은 캐러멜을 걸레로 빡빡 닦아내는 중이었다. '이번엔 또 누구일까' 불안한 마음에 인터폰 화면을 보았지만 아무도 없었다. 이상하다고 생각하는 사이, 예쁘장하게 생긴 젊은 여자가 불쑥 들어왔다. 현관문 비밀번호까지 알고 있다는 사실에 놀라서 어벙벙해진 사이 상대방이 먼저 선수를 쳤다.

"고노미 씨? 난 진혜린!"

"누구라고요?"

"진혜린이요. 전에 한 번 통화했는데, 기억 안 나요?"

"아, 기억나요."

속으로 '목소리보다 어려 보이는데…'라고 생각했다. 집 안으로 들어온 진혜린이 방금 닦아 깨끗해진 소파에 털썩 주저앉았다. 그녀는 고개를 돌려 집 안을 두루 살펴봤다. 걸레를 내려놓은 고노미도 맞은편에 앉았다.

"잭이 뱀파이어라는 사실을 알고 계셨나요?"

"그럼요. 할머니께서 아프셨을 때 제가 돌봐줬거든요."

"어떻게 견뎠어요?"

"그냥 성깔 사나운 애완견을 기르고 있다고 생각하면 됩니다. 우리 남도 아닌데 편하게 지냈으면 좋겠어요."

그렇게 말하고 일어난 진혜린이 구석구석을 훑어봤다.

"깨끗하네요. 치우느라 힘들었겠어요."

그렇게 말하고 2층으로 올라가던 그녀가 걸음을 멈추고 말했다.

"원래 고노미 씨한테 이 일을 인수인계 하고 이민이나 가려고 했는데 일이 좀 틀어졌어요. 당분간 같이 지내야 하니, 잘 부탁해요."

너무나 당당한 태도에 고노미는 한 마디도 하지 못했다. 한편으로는 그동안의 수고를 알아주는 것 같아 감동스럽기까지 했다. 그녀의 모습이 사라지자 고노미는 얼른 김 변호사에게 전화를 걸었다.

"제가 깜빡 잊고 말씀 안 드렸군요. 고노미 씨가 아니었다면 그분께서 재산을 상속받으셨을 겁니다."

'그래요? 알아서 기란 말인가요.'라는 말은 그저 목젖 안에 머물렀다.

다음 날 밤, 잭이 어슬렁거리며 거실로 나왔다. 진혜린의 등장으로 약간 기분이 나아진 고노미가 먼저 말을 걸었다.

"아래는 갑갑하지 않아요?"

"왜, 나 보고 싶었어? 하긴 내가 마성의 매력이 있지."

"누가 보고 싶다고 했어요!"

잭의 실없는 농담에 고노미는 괜히 발끈했다. 잭은 신경도 쓰지 않고 부엌 구석에 쌓인 소시지 박스를 뒤적거렸다.

"큰 걸로 좀 사다놓으라니깐…."

"마트를 싹 쓸어왔다고 몇 번이나 말했잖아요!"

잭은 들은 척도 하지 않은 채 소시지 박스를 뒤적거리더니 제일 커다란 천하장사를 하나 움켜쥐었다. 그때 2층에서 진혜린의 목소리가 들려왔다.

"적당히 좀 먹지."

잭은 2층을 올려다보며 '넌 또 뭐야.'라는 눈빛을 던졌다. 순간 고노미는 가슴이 철렁했다. 잭이 2층으로 훌쩍 날아가 해코지를 하면 어쩌나 겁이 났기 때문이다. 그러나 잭은 툴툴 거리며 그냥 소파에 드러누웠다. 한데 그걸로 끝이 아니었다. 계단을 내려온 진혜린이 껍질을 벗긴 잭의 소시지를 냉큼 뺏어들더니 우물우물 먹어치운 것이다. 고노미는 입을 딱 벌린 채 잠시 후에 닥칠 대참사를 기다렸다. 이번에도 잭이 참는 눈치였다. 대신 독설을 날렸다.

"할머니, 그런 거 먹으면 건강에 안 좋아요."

다음 순간 고노미는 인간이 낼 수 있는 가장 높고 날카로운 소리를 들었다.

"누가 할머니라는 거야! 이 얼굴을 보고도 그런 말이 나와?!"

둘은 한참 동안 티격태격했지만 결국 무승부로 끝났다. 소파를 한쪽씩 사이좋게 차지하고 TV를 보면서 소시지와 팝콘을 먹어댔다. 둘 다 지저분했다. 다 먹은 소시지 껍질을 소파 아래로 떨어뜨렸고, 팝콘도 계속 흘렸다. 잭을 꼼짝 못 하게 만든 진혜린에게 내심 감동받았던 고노미는 그만 충격에 빠지고 말았다. 더구나 진혜린은 잭보다 더 심하게 먹을 걸 흘리면서 잔소리까지 했다.

"잭, 쩝쩝거리지 마라, TV 소리 안 들리잖아."

고노미는 일도 늘고 더 시끄러워지고, 예전보다 상황이 악화됐다며 낙담했다. 저 둘은 대체 어떤 사이일까? 두 사람 때문에 머리가 아파진 고노미는 이번만은 확실하게 대처하기로 결심했다. 저 여자가 언제 집을 떠날 것인지 물어보고 날짜를 약속받을 것이다. 굳게 마음먹었을 때 초인종이 울렸다. 인터폰을 들여다본 고노미는 흠칫 놀랐다. 바짝 깎은 머리에 통통한 얼굴의 사채업자 남씨가 화면에 나타났기 때문이다.

"고노미 씨 있나요?"

"무슨 일이에요? 돈은 다 갚은 걸로 알고 있는데."

"그것 때문에 온 거 아닙니다."

잠깐 얼굴이 사라지더니 종이박스가 나타났다.

"선물 가져왔습니다."

"일단 들어오세요."

빚도 다 갚았는데 무슨 상관이냐는 듯 고노미는 어깨를 으쓱하며 버튼을 눌렀다. 더구나 집 안에 뱀파이어가 있는데. 그러자 소파에 앉아 있던 잭과 진혜린이 질색했다.

"누구야! 만나려면 밖에서 만나라고!"

'여긴 내 집이야!'라고 속으로만 소리를 치고서 고노미는 소심하게 "손님이 아니"라고 대꾸했다. 진혜린은 잭에게 지하실로 얼른 내려가라고 하더니 소파 아래 굴러다니는 소시지 껍데기와 팝콘 부스러기를 잽싸게 치웠다.

집 안으로 들어온 사채업자 남씨는 재빠르게 안을 둘러보고서 진혜린이 권해준 자리에 앉았다. 손잡이에 끈적한 것이 묻었는지 바지에 손을 닦으며 인상을 살짝 찡그렸다. 방금 전까지 왜 불러들였냐며 짜증을 내던 진혜린은 부탁도 안 했는데 커피를 내왔다. 남씨는 고노미에게 신수가 훤해졌다느니 축하한다느니 하는 빈말을 늘어놓으며 박스를 하나 건넸다.

"별로 반갑지 않을 텐데, 불쑥 찾아와서 죄송합니다."

"그나저나 여긴 어떻게 아셨어요?"

"고생을 좀 하긴 했지만 우리가 마음만 먹으면 못 찾는 게 없습니다."

사채업자 남씨는 예전에 윽박지를 때와 달리 공손한 말투로 말했다.

"무슨 일이죠?"

"정기적으로 돈을 받았지만 액수가 액수인지라 포기하고 있었거든요. 그런데 뜻하지 않게 돈을 다 받아 무척 다행이라고 생각하고 있습니다. 고객님이 애처로워 보이기도 했습니다."

고노미는 '돈 갚으라고 얼마나 들들 볶았는지 그건 다 잊어버린 모양이네요.'라는 말을 가까스로 삼켰다. 속마음을 아는지 모르는지 남씨가 태평스레 말을 이었다.

"예전에 돈 대신 가져갔던 카메라와 촬영장비를 돌려주려고 왔어요. 팔아봐야 얼마 되지도 않고, 좋은 일이 생긴 것 같아 선물로 가져온 건데, 우리 인연이 아주 끊어지지 않았으면 합니다."

고노미는 '고객관리라는 얘긴가요? 다시는 볼일이 없네요. 인연을 끊고 끊어서 기억에서 싹 지워버리고 싶어요.'라고 말하고 싶었지만 역시 꾹 참았다. 집을 둘러보고 있는 남씨의 눈빛이 꼭 가격을 매기고 있는 것처럼 보였다. 갑자기 기분이 더나빠졌다. 뒤늦게 고노미의 기분을 파악했는지 남씨가 자리에서 일어나 인사했다. 현관까지 배웅하고 돌아오니 어느 틈에 나왔는지 잭이 냉큼 소파를 차지하고 있었다. 그 옆에 앉아 팝콘을 우물거리던 진혜린이 물었다.

"사채를 썼다니 의외야. 그렇게 담이 커 보이지 않았는데."

진혜린이 별 생각 없이 던진 말에 고노미는 가슴이 답답해졌다. 사채업자와의 악연은 대학시절부터 시작되었다.

부모님이 돌아가신 후 가까스로 충격에서 벗어난 고노미는 대학에 들어갔다. 신입생 고노미는 선배의 손에 이끌려 두근거리는 마음으로 사진 동아리에 가입했다. 눈웃음이 유난히 매력적이던 선배 한 명이 가장 먼저 반겨주었다.

"이름이 고노미야? 예쁜 이름이네. 고노미."

전성호라는 선배의 웃음소리와 다정한 말투, 매너 있는 몸짓 하나하나가 그녀를 설레게 만들었다. 선배는 옷매무새가 좋았다. 캐주얼이든 정장이든 다 소화했다. 시계나 가방 같은 액세서리도 센스 만점이었다. 고노미의 눈에 그는 그저 멋져 보였다. 학교에서 인기 있는 선배였던 그를 고노미는 동아리방에서, 강의실에서, 길에서 종종 마주쳤다. 이따금 강의가 끝나고 돌아가는 길에 마주치면 버스정류장까지 차에 태워주기도 했다. 그럴 때면 고노미는 조수석에 앉아 '콩닥콩닥' 뛰는 가슴의 울림을 느꼈다.

어느 날 전성호가 동아리방 사람들을 모두 자취방에 초대했다.

"모두 종강이지? 4시까지 자취방으로 모여."

방학하기 전, 마지막으로 선배를 볼 수 있다는 기대감에 고노미는 기꺼이 친구들과의 약속을 깨고 동아리 사람들이 알려준 주소를 들고 그의 집으로 갔다. 선배 집에는 엄청난 양의 옷이 쌓여 있었다. 고노미는 물론 동아리 사람들도 모두 놀랐다.

"선배, 이 옷이 다 뭐예요? 언제 다 입어보려고요?"

전성호의 취미는 옷을 모으는 것이다. 길을 가다가도 마음에 드는 옷이 있으며 꼭 사야 직성이 풀렸다. 심지어 다른 사람이 자기가 입은 것과 같은 걸 입고 있으면 그 즉시 다른 옷을 사서 바꿔 입었다. 사 놓고 한 번도 입지 않은 옷도 있었다.

"마음에 드는 거 있니? 싸게 팔게."

뜻밖의 말에 놀란 동아리 사람들에게 선배는 집안사정을 털어놨다. 대기업 임원으로 있다가 명예퇴직 하신 아버지가 사기를 당해서 급히 돈이 필요하다는 게 이야기의 요지였다. 하지만 동아리 사람 누구도 선뜻 나서서 옷을 구입하지 않았다. 고노미는 자기라도 사주고 싶었지만 남자 옷뿐이라 발만 동동 굴려야 했다. 그때 누군가가 "인터넷에서 팔아보는 건 어때."라는 말을 던졌다. 좋은 생각이라며 다들 무릎을 쳤다. 촬영장비는 이미 가지고 있었던 터, 그는 즉석에서 촬영을 도와줄 후배들을 뽑았다. 고노미는 스태프로 참가하겠다며 손을 번쩍 들었다.

"정말 고맙다. 너희들만 믿을게."

전성호의 말에 고노미는 방학 동안 들으려고 미리 결제까지 마쳤던 영어학원 수강을 포기했다. 인터넷에 사진을 올리기 위해 전성호가 모델이 되었다. 용모가 준수한 전성호는 아마추어 모델이라 해도 손색없을 만큼 옷발도 좋고 화면발도 좋았다. 학교 동기들 중 컴퓨터를 가장 잘 다루었던 고노미가 사진을 손봐서 인터넷에 올리는 일을 맡았다.

"여얼, 고노미 대단한데. 최고야!"

전성호 선배의 말 한마디에 고노미는 피곤한데도 밤새 컴퓨터와 씨름했다. 옷이 좋은 탓인지 모델인 전성호의 인기 탓인지, 아무튼 옷이 전부 팔렸다. 다른 옷은 더 없냐는 구매자들의 요청이 계속되자 전성호는 본격적으로 인터넷 쇼핑몰을 하기로 마음먹었다. 고노미도 여기 합류했다.

처음에는 모든 것이 순조로웠다. 전성호는 옷을 센스 있게 골랐고, 모델로서도 부족함이 없었다. 처음에는 동아리 선배가 사진을 찍었지만 나중에는 사진 촬영도 고노미가 직접 맡왔다. 옷은 인터넷에 올라가는 즉시 바로 팔렸다.

"야, 너희 잘 어울린다. 둘이 같이해서 사업도 잘 되는 거 아니야?"

전성호는 사람들의 말에 별로 신경을 쓰지 않았다. 하지만 고노미는 전성호와 같이 있는 게 너무 좋아서 학교도 휴학하고 본격적으로 인터넷 쇼핑몰 사업에 뛰어들었다.

전성호는 성공할 수 있다고 확신했는지 쇼핑몰 규모를 키우겠다면서 고노미와 몇몇 지인들로부터 돈을 빌렸다. 고노미는 돌아가신 부모님의 사망보험금을 탈탈 털어 건네줬다. 그렇게 빌린 돈으로 전성호는 개인 스튜디오를 차리고 전문 사진작가를 두고, 디자이너까지 고용했다. 나중에는 공장도 짓겠다고 했다. 고노미는 선배가 일을 너무 겁 없이 진행한다고 생각했지만 잠자코 있었다.

옷은 잘 팔렸다. 그러나 스튜디오 운영비와 빌린 돈 이자를 갚기에는 턱 없이 부족했다. 월급이 자꾸 밀리자 디자이너와 사진사가 나가고 결국 처음처럼 고노미와 선배만 남게 되었다. 고노미가 '이러면 안 되는데.' 하고 정신을 차렸을 때 사업은 이미 완전히 망해버리기 일보직전이었다.

"고노미, 문제가 좀 생겼어. 나 잠깐 멀리 가 있어야 할 거야."

하얗게 질린 얼굴로 스튜디오에 들려 급히 물건을 챙기던 전성호가 남긴 마지막 말이었다. 공동경영자로 이름이 올라 있던 고노미는 그때부터 전성호가 빌린 돈을 갚아야 하는 상황에 직면했다. 아침부터 저녁까지 아르바이트를 하면서 돈을 벌었지만 이자는 눈덩이처럼 불어났다. 돈을 떼인 학교 선배들도 고노미가 처한 상황을 알게 된 뒤로는 고개만 절레절레 저었다.

전성호는 그 뒤로 고노미의 마음에 다시 한 번 큰 상처를 남겼다. 갑자기 연락을 끊어버린 것이다.

시간이 어느 정도 지났을 무렵, 고노미는 충격적인 소식을 들었다. 전성호가 다른 데서 온라인 쇼핑몰을 차렸고, 거기 모델과 연인이 되었다는 뉴스였다. 소식을 들은 학교 선배들은 '그대로 놔두면 안 된다.'며 화를 냈지만 고노미는 망연자실했을 뿐이다. 무엇을 따져야 할까? 전성호가 바람을 피운다는 것? 하지만 전성호는 고노미에게 직접 사귀자고 한 적이 없다. 항상 같이 있는 걸 보고 다른 사람들이 연인이라고 짐작한 것뿐이다. 문제는 돈이었다. 생각할수록 머리가 아팠다.

"미안해요. 선배들 돈은 제가 꼭 갚을게요."

이런저런 일을 하면서 고노미는 오로지 '내가 모조리 다 갚아주마.'라는 생각만 했다. 하지만 시간이 지날수록 빚이 늘어나는 상황이 계속되자 고노미는 자포자기했고 집에 틀어박혀 지내고 있었다. 그러던 중 김 변호사를 만난 것이다.

할머니의 유산을 받을 때만 해도 고노미는 '고생 끝 행복 시작'이라고 생각했다. 그러나 현실은 카메라를 보고 신기하다며 호들갑을 떠는 진혜린과 이상한 물건을 잔뜩 들어놨다며 팝콘을 입에 왕창 물고 신경질을 내는 뱀파이어 잭과 한 집에 살고 있는 상황이었다. 어떻게든 돌파구를 찾아야 한다. 더 이상 무기력하게 상황에 떠밀려 허우적거리고 싶지 않았다. 고노미는 물끄러미 카메라를 내려다보았다.

'길이 있을 것 같다.' 그녀가 빙그레 미소를 지었다.

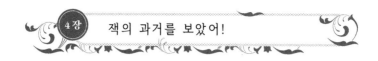

다음 날, 고노미는 청소를 끝내고 커피를 한잔했다. 천천히 정원을 거닐며 생각을 정리했다. 잭은 지하실로 내려갔고, 진혜린은 일이 있다고 차를 타고 나갔다. 산책을 끝낸 고노미는 사채업자 남씨가 가져온 박스를 3층 다락방으로 끙끙대며 옮겼다. 이 상황에서 벗어날 수 있는 유일한 방법은 스스로 돈을 버는 것뿐이다.

고노미는 사채업자가 가져온 장비를 이용해서 온라인 쇼핑몰을 다시 여는 것이 가장 좋은 방법이라고 결론을 내렸다. 경험도 있고, 일하면서 알아뒀던 사람들에게 도움을 받을 수도 있을 것이다. 밉살스러운 잭과 의문투성이 진혜린의 얼굴을 떠올리면서 고노미는 주먹을 불끈 쥐었다.

고노미의 결의를 부서뜨린 것은 현관에서 울린 벨소리였다. 고노미가 투덜대며 인터폰을 들었다.

"택배 시킨 적 없는데요?"

이곳까지 택배를 배달해주는 곳은 거의 없었다.

"잭 님이 주문하신 물건입니다."

"잭?"

물건을 받아든 고노미는 호기심에 박스를 뜯어보고 싶어졌다. 그런데 박스 겉에 '건들지 말고 문 앞에 놔라. 얌전히.'라는 메시지가 쓰여 있었다.

고노미는 박스를 지하실 문 앞에 던져버리고 다시 3층으로 올라와 컴퓨터로 온라인 쇼핑몰 분위기를 살폈다. 한참 뒤에 고노미는 20~30대 여성이 좋아할 만한 로맨틱 액세서리를 아이템으로 선정했다. 전성호와 온라인 쇼핑몰을 준비할 때 그쪽 계통에 알아둔 사람이 몇 명 있어서 도움을 받을 수도 있을 것 같았다.

온라인 쇼핑몰 운영은 자신 있었다. 액세서리를 모아 사진을 찍고 포토샵으로 처리한 다음, 직접 만든 홈페이지에 올려 판매하면 된다. 배송부터 광고, 고객관리 등 신경 쓸 부분도 많지만 잘 할 수 있다. 문제는 살고 있는 지역이다. 지방 도시의 시골마을, 기기서도 더 깊은 산속으로 들어가야 나오는 곳에 살고 있다는 게 문제다. 이곳까지 물건을 배달시키는 것도 주문받은 물건을 사다가 다시 배송하는 것도 만만치 않은 일일 터다. 아마도 다른 쇼핑몰보다 시간이 두 배로 들 것이다.

"서울에 사무실을 열까…"

하지만 고노미의 처지는 빛 좋은 개살구. 명색만 주인일 뿐, 불청객 두 사람이 더 주인 같은 처지다. 생활비도 김 변호사가 준 만큼만 쓴다. 김 변호사한테 상의하려다 말고 고노미는 핸드폰을 내려놓았다.

"내가 따로 나가 살겠다고 하면 분명 뜯어말리겠지."

고노미는 다른 번호를 눌렀다.

"나 좀 도와줘."

고노미는 전성호와 온라인 쇼핑몰을 운영할 때 함께 일했던 동료들에게 도움을 요청했다. 남들이 들었다가는 쓰러질 게 뻔한 이야기는 쏙 빼고 간략하게 상황만 설명했다. 가깝게 지냈던 동갑내기 효주가 이미지 대행 일을 해보지 않겠느냐고 제안해왔다.

"그게 뭔데?"

"온라인 쇼핑몰에 올라갈 사진을 찍고 교정까지 봐주는 거야. 요즘 온라인 쇼핑몰이 늘어나면서 많아졌어. 생각 있으면 몇 건 넘겨줄게. 그거 하려면 장비랑 스튜디오가 있어야 하는데?"

"카메라랑 조명, 촬영장비는 다 있어. 촬영할 공간도 있고."

고노미의 설명에 효주가 반색했다.

"조명까지? 무슨 스튜디오 차렸니?"

"그건 아니고 사채업자가 돌려줬어."

"별일이다. 그것 때문에 얼마나 고생했는데. 고노미 포토샵 솜씨야 뭐 내가 걱정 안 해도 될 실력이니까."

"컴퓨터도 있는데 당장 시작할 수 있을까?"

"내일 서울 나올 수 있지? 만나서 얘기해. 일단 이미지 대행 일로 인맥을 좀 쌓고, 감각도 키우고, 사업자금을 마련한 다음에 움직여. 지금 이쪽도 경쟁이 심해서 장난 아니야."

"어느 쪽이 자리 잡기 좋을까?"

"20~30대 남성 캐주얼이랑 세미정장 쪽으로 일 들어온 게 있으니까 그것부터 시작할까?"

"그렇게. 찬밥 더운밥 가릴 처지가 아니야."

"알았어. 내일 홍대 그 카페로 나와. 오랜만에 얼굴 좀 보자."

"응."

고노미가 가장 하고 싶지 않았던 것이 남자 옷이다. 때려치 울까 싶었지만 잭과 진혜린의 얼굴이 떠오르자 다시 마음이 굳어졌다. 뭘 해도 그들과 함께 사는 것보다는 편할 것이다.

　고노미는 사무실로 쓸 다락방을 세팅했다. 촬영 장비를 들여놓고 조명을 설치했다. 말이 다락방이지 웬만한 집 거실보다 넓고 천장도 높아서 별 문제가 없었다. 집 안에 있는 고풍스러운 가구를 몇 개 가져다 인테리어를 하니 생각지도 못한 우아한 그림이 나왔다. 카메라 앵글로 들여다본 다락방은 꽤 근사했다. 효주한테 받아온 옷과 장비를 배치하고 나니 제법 스튜디오 분위기가 났다. 만족스러운 듯 웃으며 고노미가 외쳤다.

　"이제 남자모델만 있으면 되겠네!"

　"어우, 시끄러워. 여기서 대체 뭐하는 거야?"

　외출에서 돌아온 진혜린이 슬쩍 들여다보며 물었다. 고노미는 당당하게 대답했다.

　"온라인 쇼핑몰을 하려고."

　"그럼 여자 모델 필요하지 않아?"

　"아니, 일단 남자 옷만."

　"그래? 잭이 소시지 없다고 뭐라고 하던데."

　진혜린은 바로 흥미를 잃고 사라졌다. 잭 역시 별 관심을 드러내지 않고 자기 얘기만 했다.

"소시지 새로 나온 걸로 사와. 그리고 토마토주스도."

모델은 안면이 있는 온라인 쇼핑몰에서 아르바이트를 하던 동호가 해주기로 했다. 의외로 일이 술술 풀리자 고노미는 다락방에서 환호성을 질렀다.

"야호!"

당장 큰돈을 벌 수는 없겠지만 차곡차곡 모을 생각이었다. 독립할 정도가 되면 미련 없이 이 집을 떠나자. 남자 모델을 자청한 동호가 인터폰에 보였을 때 그녀는 진심으로 말했다.

"이렇게 먼 데까지 와줘서 고마워."

"누나가 부탁하는데 와야죠. 그나저나 이렇게 큰 집에서 혼자 살면 무섭겠다."

"혼자서 사는 건 아니고…."

고노미는 그들에 대해서 어떻게 설명해야 할지 난감했다.

"너 목마르지? 주스 줄까? 올라가서 마시자. 다락방에 옷이랑 장비랑 다 있어. 그거 보면서 얘기하자."

고노미는 동호와 서둘러 다락방으로 올라갔다. 다락방을 둘러본 동호가 감탄사를 내뱉었다.

"우와! 엄청 고풍스러운데요. 무슨 박물관 같아요."

"그러게. 해 떨어지기 전에 얼른 끝내자. 옷은 저기서 갈아입어."

고노미는 서둘러 촬영을 시작했다. 정식으로 배운 적은 없지만 동아리에서의 경험과 온라인 쇼핑몰을 운영하면서 어깨 너머로 배운 가닥이 있다. 고노미는 한 컷 한 컷 신중하게 찍어나갔다. 친구가 소개해준 일인 만큼 더욱더 심혈을 기울여 작업했다. 이번 결과에 따라서 계속해서 일할 수 있을지 없을지 결정된다. 동호도 자연스럽게 포즈를 잡으면서 촬영에 임했다.

"나이스" "좋아"를 연발하며 고노미는 부지런히 셔터를 눌렀다. 렌즈에 잡힌 동호는 훌륭했다. 그 순간, 묘하게 한 남자가 떠올랐다. 고노미가 기가 막히다는 듯 고개를 흔들며 중얼거렸다.

"잭은 안 되지. 아니지, 안 돼."

"누나, 잭이 누구예요?"

"어! 아니야."

고노미는 다시 촬영에 열중했지만 잭이 머릿속에서 떠나지 않았다. 동호도 잘생겼지만 잭이 다리도 더 길고, 몸매도 좋고, 얼굴도 잘생겼다. 거기다 특유의 묘한 분위기까지. 그런 생각을 하는 내내 머릿속에서는 소시지와 팝콘을 게걸스럽게 먹어치우는 모습도 같이 떠올랐다. 고노미는 고개를 절레절레 흔들었다.

"동호야, 너랑 잭은 비교가 안 되지."

"누가 나랑 비교도 안 된다고 그러는 거야!"

갑자기 잭의 목소리가 들려왔다. 화들짝 놀란 얼굴로 고노미는 뒤를 돌아봤다. 화가 났는지 잭의 두 눈동자가 피처럼 빨갛게 빛났다. 깜짝 놀란 동호가 소리쳤다.

"누나! 저 사람 눈이 빨개. 뭐야!"

"뭐긴 뭐야! 뱀파이어지."

잭이 사악하게 웃자 올라간 입 꼬리에서 두 개의 송곳니가 튀어나왔다. 고노미는 바로 기절해버렸다.

♠

서기 879년 신라 경주.

눈을 뜬 고노미는 몸을 일으키려고 했지만 꼼짝도 할 수 없었다. 희뿌연 안개 같은 것이 걷히고 잭이 붉은 눈으로 부들부들 떨면서 서 있는 게 보였다. TV 사극에서 본 것 같은 옛날 옷을 입고서. 이상하게 여긴 고노미는 "지금 뭐 하고 있어요?"라고 묻고 싶었지만 말이 나오지 않았다. 말하려고 했지만 아무런 소리가 나오지 않았다. 몸도 움직이지 않았다. 방문 앞에 놓인 네 개의 신발을 보며 부들부들 떨던 잭은 빨간 눈을 거두고 서글픈 표정으로 읊조렸다.

경주의 밝은 달밤에

밤이 깊도록 놀러 다니다가

들어와 잠자리를 보니

다리가 넷이로구나

둘은 나의 것인데

둘은 누구의 것인가?

본래 나의 것이지만

빼앗긴 것을 어찌하리오.

'문학 교과서에서 본 것 같은데…'라며 고노미가 고개를 갸웃거리는 사이 방에 불이 켜졌다. 문 앞에 서 있던 잭이 훌쩍 몸을 날려 나무 뒤로 숨었다. 그러고는 문을 열고 나와 남자를 뒤쫓았다. 등불을 든 하인을 앞장세운 남자는 월성 쪽으로 걸어갔다. 가끔 순라군들이 앞을 가로막았지만 하인이 뭔가를 보여주자 순순히 옆으로 비켜났다. 하얀 달이 황룡사 9층 목탑과 나란히 서서 경주의 밤거리를 비췄다. 잭은 점점 걸음을 빨리했다. 월성 앞거리에서 남자를 따라잡을 수 있었다. 마침 구름이 달을 가려서 모습을 감춰주었다. 훌쩍 도약한 잭은 등불을 든 하인을 찍어 누른 다음 남자를 덮쳤다. 칼을 뽑아 든 남자가 저항했지만 잭은 손쉽게 남자를 쓰러뜨렸다. 한쪽 손으로 쓰러진 남자의 목을 누른 잭은 다른 한 손으로 떨어진 칼을 집어 들었다. 남자의 가슴에 칼을 꽂으려는 순간 구름이 걷힌 달빛이 드리워졌다. 잭은 치켜들었던 칼을 떨어뜨렸다. 와들와들 떨던 남자는 잭이 허탈해하는 틈을 타 월성 쪽으로 도망쳤다. 집으로 돌아온 잭은 한동안 마당에 서서 하늘에 떠 있는 달을 바라보았다. 한참 후 바깥의 기척을 느꼈는지 방문이 열렸다. 곱게 단장한 여인이 잭을 보고 포근한 웃음을 지었다.

"왜 안 들어오고 밖에 계신가요?"

잭은 처음 여인을 만났을 때를 기억했다. 동료들과 함께 안개 속을 헤치고 육지를 찾아 헤맸을 때 음악 소리가 들려왔다. 무작정 그곳으로 배를 몰았다. 배가 육지에 닿을 무렵 안개가 스르륵 걷히면서 육지에 모인 사람들이 보였다. 화려한 무늬가 새겨진 비단 천막 아래 번쩍거리는 금관을 쓴 남자가 손짓하자 사람들이 몰려와서 배를 육지로 끌어다 댔다.

배에서 내린 잭이 금관을 쓴 남자에게 다가가려고 하자 창을 든 병사들이 몰려들었다. 잭은 자기가 위험하지 않다는 것을 보여주기 위해 두 손을 번쩍 치켜들었다. 뒤따라 내린 동료들도 두 손을 치켜들고 엉거주춤 섰다. 그 광경을 보고 남자가 미소를 지었다. 미소가 적의를 거둬 갔다. 창을 든 병사들이 사라지고 잭 일행은 푸짐한 음식이 차려진 곳으로 이끌려 갔다. 며칠 동안 굶었던 잭의 동료들은 먹을 것을 보자마자 달려들어서 게걸스럽게 먹어치웠다. 잭은 동료들을 바라보기만 할 뿐 입에 음식을 대지 않았다. 금관을 쓴 남자가 옆에 서 있던 다른 남자에게 뭐라고 속삭이는 게 보였다. 동료들은 그곳에 남았고, 잭만 남자와 함께 길을 떠났다.

길가에 늘어선 사람들이 신기하다는 듯 잭을 쳐다봤다. 잭은 잠자코 걸었다. 며칠을 그렇게 걷자 거대한 도시가 보였다. 마지막으로 들렸던 당나라의 장안이나 광주 못지않았다. 특히 하늘에 닿을 것처럼 높게 솟은 9층짜리 탑이 인상적이었다. 그곳에 당도할 즈음에야 잭은 자신이 도착한 나라가 신라이고 이 도시가 도읍인 경주라는 사실을 알게 되었다. 금관을 쓴 남자는 신라의 왕이었다.

월성이라는 이름의 왕궁에 머무는 동안 잭은 구경거리가 되었다. 그리고 그녀를 만났다. 연회 때, 잭이 가야금을 타던 그녀를 뚫어지게 바라보던 광경을 지켜보던 왕이 신하에게 귓속말을 건넸다. 잭과 눈이 마주칠 때마다 수줍은 듯 고개를 숙이던 그녀는 며칠 후 왕이 하사한 잭의 집 앞에 나타났다. 함께 온 관리가 왕의 선물이라는 말을 남기고 떠났다. 둘만 남게 되자 여인은 구슬프게 울었다. 여인이 왜 우는지 몰랐던 잭은 마음을 읽어보려고 했지만 어찌 된 일인지 계속 실패하고 말았다. 어찌할 바를 모르던 잭은 처음 신라 땅에 도착했을 때처럼 두 팔을 번쩍 치켜들고 우스꽝스러운 표정을 지었다. 여인은 울음을 멈추고 한참 웃더니 가져온 짐을 풀었다. 연회 때 보았던 악기였다.

"가야금. 가야금이라는 악기에요."

"가…야…금."

잭은 서툴게 여인의 입 모양을 따라했다. 자리를 잡은 여인이 가야금을 뜯자 청아한 소리가 울려 퍼졌다. 잭은 여인의 주위를 빙글빙글 돌면서 춤을 췄다.

"어디 갔다 오셨나요?"

여인의 물음에 잭은 다른 대답을 했다.

"당신이 나를 버릴까 두렵소."

"버리다니요. 그럴 일 없습니다."

"그래도 두렵소."

"두려워하지 마십시오. 혹시 멀리 길을 떠나도 항상 생각하겠습니다. 그러면 함께 있는 것입니다. 이제 문을 열고 들어

오세요."

잭은 여인을 따라 안으로 들어갔다. 불을 켜려는 여인을 막은 잭은 칠흑같이 어두운 방 안에서 부드럽게 여인을 안았다. 방금 전까지 왕의 품에 안겨 있던 그녀의 얼굴을 똑바로 볼 용기가 생기지 않았기 때문이다. 잭은 잠든 여인을 뒤로하고 마당으로 나왔다. 마음이 가라앉을 때까지 두 팔을 벌리고 계속해서 춤을 췄다. 시간이 무덤덤하게 흘렀다. 계절이 변하고 첫 눈이 내릴 무렵, 여인은 몸져누웠다.

진맥을 한 의원이 잭에게 다가와 고개를 저었다.

"오늘 밤을 넘기기 힘들 것 같구려."

"방법이 없습니까?"

"옆에 있어주구려. 우리 집사람도 마지막에 내가 옆에 있는 걸 보고 행복하다고 했다오."

잭은 마당 한구석에서 달이고 있는 약을 바라봤다. 의원이 말한 대로 온갖 희귀한 약초를 구해서 먹였지만 아무 소용이 없었다. 의원이 떠나고 잭이 방으로 들어갔다. 시름시름 앓고 있던 그녀가 옆에 오라고 손짓했다.

"당신에게 고백할 게 있어요."

"내일, 내일 얘기해요."

"아뇨. 미안해요. 전… 다른 사람을 사랑했어요."

"알고 있었소."

잭의 담담한 말에 잠깐 놀란 표정을 지은 그녀가 힘없이 웃었다.

"그랬군요. 사실, 전 왕의 총애를 받았지만 왕후의 질투가 심해서 궁 밖으로 내쳐진 거였어요. 당신이 자리를 비울 때마다 왕이 찾아왔답니다."

"알고 있었소."

여인은 희미하게 웃었다.

"그날 밤, 당신이 문밖에서 시 읊는 것을 들었습니다. 미안해요. 당신 덕분에 행복했습니다."

여인이 의식을 잃고 깊은 잠에 빠지자 잭은 문을 박차고 나왔다. 마당으로 나온 잭은 한쪽 구석에서 달이고 있는 약탕기를 열고 손목을 힘껏 물어뜯었다. 주르륵 흘러내린 피가 약탕기 안으로 흘러들어갔다. 잭의 눈이 붉게 달아올랐다. 한참 피를 쏟은 잭이 피범벅이 된 입을 훔치며 미친 듯이 웃었다.

조금씩 몸이 자유로워진 고노미는 애정과 질투, 복수심으로 범벅이 된 잭의 번뇌를 똑똑히 느꼈다. 그걸 마지막으로 고노미의 의식이 돌아왔다.

꧁

잠에서 깨어난 고노미는 조금씩 몸을 움직였다. 악몽을 꾼 것처럼 기분이 찝찝하고 머리가 무거웠다. 몸도 여기저기 쑤셨다. 잠결이었지만 누워 있는 곳이 거실의 소파라는 사실이 느껴졌다.

"그런 식으로 보내면 어떡해."

진혜린이 잭에게 짜증을 내고 있었다.

"기억은 지워서 내보냈으니 상관없어."

"그런 잘생긴 남자를 만나기가 쉬운 줄 알아! 아무튼 도움이 안 돼!"

잭은 진혜린의 말은 무시한 채 잠에서 막 깨어난 고노미를 쳐다보았다.

"내가 낯선 사람 끌어들이지 말랬지! 너 때문에 할머니가 시끄럽대잖아!"

"할머니 아니라고!"

진혜린은 고개를 돌려버린 잭의 시선을 따라잡으려고 안간힘을 썼다. 잭이 피식 웃으며 대꾸했다.

"내 펜던트 돌려주면 할머니라고 안 부르지."

"흥! 아직은 안 돼. 순순히 줄 수 없어."

코웃음을 친 진혜린이 2층으로 올라갔다.

"할머니, 할망구, 할미…."

잭은 진혜린을 계속 놀려댔다. 멍한 눈으로 둘의 싸움을 지켜보던 고노미가 쓰러지기 직전에 벌어진 일을 떠올렸다.

"그애, 동호. 어디 갔어요. 사진 찍어야 하는데…."

"그 애송이 집에 갔어. 겁을 잔뜩 집어먹고 벌벌 떨기에 기억을 지워줬지."

고노미는 기가 막혔다. 그러나 어디 다친 곳은 없는지 알아야 했기에 서둘러 전화했다. 동호는 너무나 반갑다는 목소리로 전화를 받았다.

"어 누나, 오랜만이에요! 쇼핑몰 다시 준비한다면서요."

"응, 맞아. 이제 시작하려고."

"잘 됐다. 걱정 많이 했는데…. 혹시 모델 필요하면 언제든지 얘기해요."

"알았어. 조만간 한번 보자."

어정쩡한 목소리로 전화를 끊고서 고노미가 잭을 노려봤다.

"어떻게 된 거에요?"

"아까도 얘기했잖아. 기억을 지웠다고."

"머리가 이상해지거나 그런 건 아니죠?"

"두통이 약간 있긴 하지만 별 상관없어. 그리고 말도 없이 사람 들이지 말랬지. 게다가 저런 애송이를….''

"애송이가 뭐 어때서요?!''

참다못한 고노미가 버럭 고함을 질렀다. 잭이 '오호' 하는 표정으로 쳐다봤다.

"할망구의 마수에서 구해줬으니 오히려 고마워해야지.''

잭의 실없는 말에 어이가 없어진 고노미가 몸을 부르르 떨었다.

"애가 얼마나 놀랐을지 생각 안 해봤어요?''

"뱀파이어 송곳니가 뾰족하고 눈 빨간 게 당연한 거지.''

잭의 눈이 아까처럼 빨갛게 변하면서 송곳니가 다시 튀어나왔다. 아직 화가 풀리지 않은 고노미가 지지 않고 대들었다.

"왜, 내 피도 빨아먹지 그래요!''

그러자 눈 색깔을 원래대로 돌려놓고 송곳니도 집어넣은 잭이 시크하게 대답했다.

"나를 피에 환장한 뱀파이어로 보지 말라고, 나름 순결한 혈통을 가지고 있으니까. 할 얘기 다했으면 이제 좀 나와!''

'순결한 혈통'의 잭은 고노미를 밀치고 소파에 드러누웠다. 분이 풀리지 않은 고노미가 거실 창문을 가려놓은 커튼을 확

걷어버렸다. 그런데 소시지를 까먹으면서 TV를 보던 잭은 햇빛을 보고도 피할 기색을 보이지 않았다. 이번에는 목에 걸고 있던 은십자가를 잭의 눈앞에서 흔들었다. 그러자 잭이 한마디했다.

"비켜라. TV 안 보인다."

"무슨 뱀파이어가 햇빛이랑 십자가를 안 무서워해요!"

"마늘은 좀 싫어해. 냄새가 너무 심해."

"뱀파이어면 뱀파이어답게 굴어야죠."

"그건 인간들 생각이고,"

심드렁하게 대꾸한 잭은 바닥에 놓인 토마토주스를 발가락으로 집어 들고서 벌컥벌컥 들이켰다.

고노미는 이제부터 조심스럽게 일을 진행하기로 마음먹었다. 그래서 잭에게 다가가 공손하게 말했다.

"그 애송이 다시 오라고 할게요. 미리 말했으니까 이번에는 쫓아내지 말아주세요."

"집에 모르는 사람 오는 거 마음에 안 들어. 밖에 나가서 하든지. 부르지 마."

"어차피 낮에는 잘 나오지 않잖아요."

"나 잠귀 밝아. 또 데려오면 그때는 정말로, 그냥 안 보내."

"제발요."

고노미는 무릎까지 꿇었다.

"당신을 돌보는 조건이긴 하지만 여긴 내 집이에요. 지금 당장 사진 찍어야 하는데 다른 장소를 구할 시간도 없고, 빨리 보내야 한단 말이에요."

"나한테 책임 전가하지 마. 거듭 얘기하지만 난 집에 사람이 왔다갔다하는 거 싫어."

"모델 없이는 할 수 없어요."

"아우, 시끄러워! 대체 왜들 싸우는 거야!"

언제 방에서 나왔는지 2층 난간에 기댄 진혜린이 투덜거렸다. 다급해진 고노미가 그녀에게 하소연했다.

"잭이 모델을 집에 못 오게 하잖아. 빨리 찍어야 하는데."

"아, 그 잘생긴 애?"

"절대 안 된다니까. 그리고 할머니는 빠져."

진혜린의 반짝거리던 눈은 잭의 고압적인 말에 매섭게 변했다.

"그놈의 할머니 소리, 그만 좀 하지?"

"듣기 싫으면 끼어들지 말든가."

"그럼 어떡해요. 빨리 끝내야 한단 말이에요."

울상이 된 고노미가 애원했다.

야외촬영을 생각해보지 않은 건 아니다. 하지만 적당한 장소를 찾으려면 시간을 꽤 잡아먹어야 할 것이다. 그때 진혜린이 한 마디 툭 던졌다.

"잭이 모델 서면 되겠네."

잭이 심드렁하게 말했다.

"내가 왜?"

"네가 쫓아냈잖아! 그러니까 대신 해야지."

진혜린은 목에 건 펜던트를 손으로 쓰다듬으면서 미소를 지었다.

"내 소원이야."

소원이라는 말에 소파에서 벌떡 일어났다가 도로 주저앉은 잭이 대꾸했다.

"소원이라기보다 일종의 투정이겠지. 그 소원 들어주면 펜던트, 나 돌려줄 거야?"

진혜린이 보란 듯 펜던트를 흔들며 대답했다.

"글쎄, 하는 거 봐서. 너는 집에 사람이 오는 거 싫어하고, 고노미는 모델이 필요해. 그 애송이보다는 네가 입는 게 옷도 더 멋져 보일걸?"

"잭이 저런 옷들을 다 소화할 수 있을까요?"

둘 사이의 대화를 지켜보던 고노미가 불쑥 끼어들었다. 그러자 잭의 눈이 또 다시 빨개졌다.

"무슨 소리? 내가 인간보다 못하단 소리야!"

"그건 아니지만…."

잭이 불 같이 화를 내자 고노미는 풀이 죽었다. 다시 진혜린이 끼어들었다.

"잭이 인간보다 못한 게 있었네. 인간보다 못한 순혈 뱀파이어라…."

진혜린이 낄낄대자 잭이 고노미를 확 돌아봤다. 고노미가 어깨를 움츠렸다.

"당장 해. 그 촬영인지 뭔지."

"알았어요."

"어디서 할 거야. 다락방?"

고노미는 앞장서서 계단을 올라가는 잭에게 물었다.

"저 혹시, 옛날부터 여기 살았어요?"

"그게 무슨 소리야?"

"그러니까 보통 뱀파이어들은 무슨 절벽 끝에 아슬아슬하게 서 있는 성 같은 데서 살잖아요. 그런데 꿈에서 잭이 웬 사극에 나오는 옷을 입고 기와집 같은 데서 사는 걸 본 거 같아요."

"꿈? 아, 아까 기절했을 때? 미안한데 그건 꿈이 아니야."

"그럼요?"

잭은 더 말하기 귀찮다는 듯 한마디를 툭 던졌다.

"내 과거. 의외로 정신력이 강한 모양이군. 내 생각을 읽다니."

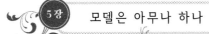

오랜만에 카메라를 든 고노미는 손이 떨릴까 봐 걱정할 틈
도 없이 잭의 시선과 자세를 손보느라 정신이 나갈 지경이었
다. 지시를 거부하는 잭 때문에 벌써 몇 시간째 속앓이를 해
야 했다.

"잭, 카메라만 쳐다보지 말고, 자연스럽게 해요. 시선은 먼
곳으로 두고."

"이렇게?"

인간에게 뒤지고 싶지 않다는 자존심으로 무조건 하겠다
고 했지만 잭은 포즈를 취하는 데 영 소질이 없었다.

"거기, 무늬 가리면 안 돼요."

고노미가 한마디 더 하자 마침내 잭이 성질을 냈다.

"감히 나한테 이래라 저래라 해?"

하지만 고노미에겐 잭의 분노가 중요한지 이번 일을 성사시키는 게 더 중요한지 생각할 여력조차 없었다. 고노미는 카메라를 내려놓고 화낼 기운도 없다는 듯한 표정으로 말했다.

"그쪽이 내 모델을 쫓아내버렸잖아요. 그러니까 잘 좀 해봐요. 잭이 말하는 애송이가 했으면 이건 일도 아니었을 텐데. 이렇게 오래 걸릴 일이 아닌데."

"그럼, 그 애송이 다시 불러와."

"이제 와서 다시 불러 오라고요?!"

고노미가 목소리를 높였지만 잭은 들은 척도 하지 않았다.

"번거롭게 뭘 그렇게 많이 찍어? 옛날에는 펑 하고 한 번 찍으면 그만이었는데."

잭이 먹던 소시지를 집어 들고 옆에서 구경하던 진혜린이 재미있다는 듯 웃으며 끼어들었다.

"투덜대지 말고 제대로 좀 해봐. 잭."

"역시 할머니는 잔소리가 많아."

촬영이 계속 지연되자 고노미는 중간 중간 소시지와 토마토주스를 날라와야 했다. 잭을 달래고 어르면서 일하다 보니 어느덧 한밤중이 되었다. 다음 날 오후까지는 포토샵까지 마친 사진을 넘겨야 했기에 고노미는 마음이 초조해졌다.

잭은 밤이 가까워질수록 활기를 찾았다. 이렇게 저렇게 알아서 포즈를 잡아주기도 했다.

"좋아요, 좋아. 아주 좋아요."

"이까짓 거 기본이지. 어때, 애송이보다 낫지?"

"비교할 걸 비교해야지요. 걔는 베테랑이라고요. 나이도 어리고 스타일도 멋져서 대충 찍어도 그림이 잘 나온다고요."

"그럼 나는?"

카메라 렌즈를 똑바로 쳐다보며 잭이 물었다. 얼떨결에 셔터를 누른 고노미는 화면을 보고 깜짝 놀랐다. 매혹적인 눈빛과 섹시한 입술이 일반 모델과 다른 분위기를 자아내고 있었다. 고노미는 잠시 '제법인데'라고 생각하다가 탁자 위에 놓인 소시지 껍질을 보고서 곧 이성을 되찾았다.

"팔다리가 길어서 기본 핏은 나오지만 자세는 아직 부자연스러워요."

"그러니까 내가 그 애송이보다 못하다는 얘기야? 나 촬영 안 해."

포즈 취하기를 멈춘 잭이 탁자 위의 소시지를 집어 들면서 투덜거렸다.

"아무튼 요즘 여자들은 이해를 못 하겠어. 삐쩍 마른 애송이를 좋아하다니."

고노미가 뻐근해진 어깨를 주무르며 나지막하게 중얼거렸다.

"자기가 삐쩍 마른 건 생각도 못 하지…."

"방금 뭐라 그랬어?"

잭의 신경질적인 대꾸에 고노미는 얼른 딴청을 피웠다.

"그럼요, 그럼요. 저도 요즘 여자애들 이해가 안 돼요."

고노미는 촬영이 거의 끝나가니 조금만 더 비위를 맞춰주자고 다짐했다. 터져 나오려는 화를 꾹 참으며 셔터를 누르려는데 잭이 포즈를 잡다 말고 토마토주스를 벌컥벌컥 들이켰다. 고노미는 다시 돌려줘야 하는 옷에 토마토주스가 묻을까 봐 조바심을 냈다. 잭이 그녀를 힐끔 쳐다보고 말했다.

"내가 멋진가? 얼마든지 보라고!"

오해한 잭이 고노미 앞에서 다양한 포즈를 잡았다.

"이런 옷 입은 거 처음이라 그냥 본 거예요."

"하긴 내 취향은 아니지. 평소에 내 옷 입는 센스는 어때?"

"아주 좋아요. 나이에 비해서 아주 젊어 보여요."

"그렇지?"

사례가 들었는지 잭이 잔기침을 했다. 이제 고노미의 조바심은 극에 달했다.

"제발, 토마토주스는 좀 있다 마시고… 포즈 좀 잡아줄

래요?"

모델로서의 잭은 꽤 멋졌다. 귀족적인 분위기가 물씬 풍겼다. 다른 모델에게서 볼 수 없는 뭔가 특별하면서 매혹적인 분위기였다. 소파에 드러누워 팝콘을 우물거리거나 소시지를 먹을 때와 전혀 달랐다. 다른 사람 같다고 말했더니 기분이 좋아졌는지 잭이 웃으며 말했다.

"그래. 그럼 내가 고노미 양에게 어울릴 만한 옷을 센스 있게 추천해줄게."

"옷이요?"

고노미는 다른 짓 할 시간 없다는 눈빛을 던졌지만 잭의 눈에서 거절하면 모델을 하지 않겠다는 협박의 의미를 읽어낸 터라 순순히 고개를 끄덕거렸다.

"기대되는데요."

"잠깐만 기다려."

사진 찍다 말고 갑자기 옷을 골라주겠다니 잭이 도대체 무슨 생각을 하는 건지 고노미로서는 감을 잡을 수가 없었다. 잭은 10분이 지나도 오지 않았다. 15분, 20분이 지났다. 하염없이 기다리던 고노미는 내일 당장 잭에게 핸드폰을 사줘야겠다고 결심했다. 툭 하면 없어지니 도무지 연락할 방법이 없다. 이런저런 생각을 하고 있는데 잭이 나타났다.

"너한테 딱 맞는 옷이야."

잭은 흰색으로 된 천을 고노미 앞에 내밀었다.

"뭐예요, 소리도 없이 나타나고. 놀랐잖아요."

잭이 건넨 것은 위아래가 연결된 보송보송한 흰색 털옷이었다. 가운데 지퍼가 있고 모자도 있었다. 옆방에서 옷을 입고 나온 고노미에게 잭이 말했다.

"모자도 써야지. 그래야 패션이 완성되는 거라고."

"모자요?"

"그래. 뒤에 달린 거."

고노미는 별걸 다 시킨다고 투덜대면서 모자를 썼다. 잭이 박수를 치면서 좋아했다.

"좋아! 잘 어울리는군."

"문 앞에 얌전히 놓으라던 박스에 들었던 게 이거예요? 이런 건 또 언제 샀어요?"

"인터넷으로… 자막 깔린 일본 드라마 찾다가 샀어."

"인터넷으로 물건도 살 줄 알아요?"

"그럼. 하찮은 인간들이 만든 걸 내가 못할 줄 알고?"

잭이 흐뭇한 미소를 지었다.

"그 옷 찾느라 힘들었어. 오늘은 그거 입고 자."

"지금부터 군말 없이 촬영에 협조해주면요."

작업이 걱정되기도 했고, 왠지 잭에게 친절하게 대하기도
싫었다.

"감히 나랑 거래하자는 거야?"

"거래는요. 부탁이죠."

능글맞게 맞받아친 고노미는 잭이 좋다고 하자 안도의 한
숨을 쉬었다. 이후로는 포즈를 잘 잡아줘서 촬영이 금방 끝났
다. 마지막 컷을 찍고 나자 잭은 수고했다고 하며 계단을 내려
갔다.

고노미는 뒷정리를 하다 말고 거울 앞에 섰다. 커다란 귀가
달린 토끼잠옷을 입은 고노미가 서 있었다. 시장조사를 하던
중에 이 잠옷을 본 적이 있었다. 하얀색과 파란색, 분홍색 세
가지 색깔이 있었는데, '하얀색은 솔로전용'이라는 안내문도
본 기억이 났다.

"뱀파이어한테도 솔로라고 까이는군."

고노미는 투덜거리면서도 잠옷을 정성스럽게 옷걸이에 걸
어 투명한 옷 커버 안에 넣었다. 지칠 대로 지쳤지만 돈을 벌
수 있다는 생각에 꾹 참았다.

반응은 생각보다 빨리 왔다. 곧바로 다음 작업을 해달라는
말과 함께 옷이 배달된 것이다. 같은 모델을 계속 기용해달라

는 전제조건이 있었지만, 신이 난 고노미는 효주한테 먼저 전화를 걸었다.

"다음 작업을 해달라고 연락받았어. 옷이 잘 팔렸나 봐."

"그게 판매량은 그저 그런데 조회 수가 높은가 봐."

"조회 수?"

"응, 나도 봤는데 그 모델 느낌 팍 살더라. 어디서 그런 모델을 구했니?"

"그냥, 아는 사람 소개지. 뭐."

"모델 누구야? 정말 대단해. 고객들이 모델 누구냐는 말로 게시판을 도배했더라고. 문의 전화도 가끔 오고, 덕분에 다른 상품 조회 수도 늘어났어. 판매량도 조금씩 올랐고. 누구야, 누구?"

"실제로 보면 별로야."

아무리 가까운 사이라 해도 성격이 개차반 같은 뱀파이어라는 얘기는 차마 하지 못했다.

"고노미 포토샵 실력이야 잘 알지. 아는데, 바탕이 없으면 절대로 나올 그림이 아니란 말이지. 도대체 누구야?"

자기한테도 소개해달라는 효주에게 대충 얼버무리며 전화를 끊었다. 몇 군데 전화를 더 걸어본 결과, 반응은 비슷했다. 옷보다 모델에 대한 관심도가 월등했다. 걱정이 된 고노미는 다른 온라인 쇼핑몰을 검색해봤다. 역시 잭과 다른 모델들은 눈에 띄게 달라 보였다. 이런 반응을 예상하지 못했던 고노미는 한숨을 쉬었다.

"어이, 팝콘 떨어졌잖아."

아래층에서 잭이 투덜대는 소리가 들려왔다. 고노미는 전자레인지에 팝콘을 돌려서 접시에 예쁘게 담고 쟁반에 받쳐서 가져갔다.

"뭐야, 갑자기?"

잭이 어리둥절한 눈으로 쳐다봤다. 고노미는 안면근육을 억지로 움직이며 미소를 지었다.

"저, 촬영 또 할 수 있어요? 모델을 못 구해서요."

대수롭지 않다는 듯 얘기했지만 잭은 대번에 눈치챘다.

"알았어. 대신 조건이 하나 있는데…."

고노미가 셔터를 누르면서 잭에게 말했다.

"자꾸 웃지 말아요."

"웃긴데 어떻게 안 웃어?"

"자기가 입으라고 해놓고 이러면 어떡해요."

"눈 동그랗게 뜨니까 더 잘 어울린다. 눈이 빨간 색으로 변하기만 하면 딱인데."

"내가 뱀파이어인 줄 알아요!"

고노미는 연신 눈을 가리는 토끼 귀를 넘기면서 투덜댔다. 잭의 조건은 토끼잠옷을 입고 촬영하라는 거였다. 순간 '뭐야 이 뱀파이어 변태 아닌가?' 고민했지만 선택의 여지는 없었다. 귀가 자꾸 눈을 가리는 것 빼고 촬영은 순조로웠다.

사진을 보내자마자 다음 번 촬영에 쓸 옷이 한 무더기로 날아왔다. 남자 옷과 함께 화려한 레이스가 달린 여성용 원피스도 왔다. 진혜린에게 옷을 보여 주었더니 선뜻 모델이 되겠다고 했다. 어차피 여자 모델도 필요한 터였기에 고노미는 기꺼이 진혜린을 촬영했다.

"좋아요. 고개를 조금만 더 올리고 자연스럽게…."

옷이 마음에 들었는지 진혜린은 순순히 포즈를 잡았다. 문제는 다른 곳에서 발생했다.

"그게 아니지. 고개 각도가 틀렸어. 손도 저게 뭐야. 역시 옷이 할머니랑 안 어울려. 레이스가 뭐야. 할머니는 역시 고쟁이지."

아까부터 잭은 소시지를 까먹으며 진혜린 옆에 앉아 딴지를 걸고 있었다.

"조용히 해!"

진혜린과 고노미가 동시에 소리쳤다. 불쌍한 표정을 지으며 조용히 내려가나 싶던 잭이 다시 다락방으로 올라왔다. 벽과 벽 사이를 펄쩍거리며 뛰어다녔다. 탁자와 의자 사이를 어지럽게 펄쩍거리며 날아다녔다. 고노미에게 '나는 뱀파이어'라고 밝히며 위협을 가할 때와 비슷한 상황이었다.

"잭! 내려가!"

진혜린과 고노미가 또 동시에 소리쳤다. 문 앞에 살짝 내려선 잭이 투덜거렸다.

"조용히 했잖아."

그러다 진혜린이 펜던트를 꺼낼 기미를 보이자 군말 없이 내려갔다. 고노미가 신기한 듯 진혜린에게 물었다.

"그 펜던트만 보면 잭이 꼬리를 내리네."

"누구든 약점은 있는 법이니까."

펜던트를 집어넣은 진혜린이 대답했다.

잭을 모델로 한 상품은 새로 업데이트가 될 때마다 최고의 조회 수를 기록했다. 조회 수에 비해 판매량은 한숨이 나올 정도였지만 쇼핑몰 쪽에서는 그래도 이게 어디냐며 반색을 했다. 어느 날, 촬영한 사진을 컴퓨터로 정리하던 고노미는 전화를 한 통 받고서 화들짝 놀랐다.

"남자 모델을 만나고 싶다고요?!"

"네. 인터뷰를 쇼핑몰 사이트에 올리고 싶습니다."

"어, 그게 사실, 그분이 관광비자로 들어와서요. 어제 출국하셨어요."

"그런가요? 그럼 언제 들어오시나요?"

"다, 다음 주 즈음에요. 근데 낯을 많이 가려서 인터뷰를 안 하려고 할 텐데…"

"말씀 좀 잘 전해주세요. 모델 촬영료보다 더 많이, 아니다. 아예 우리 쇼핑몰 전속 모델로 계약하시죠."

"워낙 자유분방한 성격이라 어디 매어 있으려고 할지 모르겠네요. 일단 전해드릴게요."

통화를 끝낸 고노미는 머리를 쥐어뜯었다. 잭의 정체가 세상에 알려지면… 생각만 해도 끔찍해진 고노미는 고개를 절레절레 흔들었다.

"웬 혼잣말?"

불쑥 들어온 잭이 팝콘을 먹으며 물었다.

"숙녀 방에 들어올 땐 노크하라고 그랬죠!"

고노미가 고함을 지르자 잭이 대수롭지 않다는 표정으로 열린 문을 두드렸다.

"이렇게?"

"웬일이에요?"

"촬영 또 언제야?"

"아직 계획 없어요. 왜요? 사진 찍고 싶어요?"

"내가 아니라 네가 좋아하는 것 같아서. 여기 온 후로 웃는 건 사진 찍을 때 처음 봤거든."

"개가 고양이 생각해주는 것도 아니고. 심심해요?"

"응, 사실은 그게 더 커. 토끼잠옷 입은 모습 보는 것도 재미 있고. 일본 드라마도 다 봤던 거밖에 안 나와서 말이야."

"그럼 인터넷에서 다운 좀 받을게요. 어떤 종류가 좋아요?"

"예쁜 애 나오는 걸로."

"네, 네. 그러지요."

그 후로 패션잡지와 월간지에서도 잭을 인터뷰하고 싶다는 연락이 두어 번 더 왔다. 그때마다 고노미는 이런 저런 핑계를 대고 거절했다.

"네. 심각한 수준의 대인 기피증이 있어서요. 죄송합니다."

"그분이 싫다고 하셨어요. 정말 죄송합니다."

고노미가 쇄도하는 인터뷰 요청을 간신히 물리치고 청소 하는 사이 진혜린이 소리쳤다.

"방송국 전화야! 받아 봐."

방송국 PD 역시 잭과 인터뷰를 하고 싶어 했다. 모델이 인터넷 검색 순위에 오르고 다른 잡지와 매스컴의 인터뷰를 모두 거절했다는 사실에 호기심을 느낀 것 같았다. 감추려고 한 게 오히려 신비주의로 비춰진 셈이다. 계산 착오라면서 속으로 혀를 찬 고노미는 거부 멘트 3번을 꺼내들었다.

"낯가림이 심한 편이라 인터뷰는 피하고 싶다고 저한테 신신당부했어요."

"인터뷰가 안 된다면 화보 촬영 하는 모습만 찍으면 안 될까요? 멀리 있겠습니다."

PD는 쉽게 물러나지 않았다.

"지금 여행 중이라 일정이 없는데요. 이곳에 사는 건 아니에요. 그리고 자기가 세상에 알려지는 걸 싫어해서요. 본명은 잘 모르겠어요."

철벽같은 방어막을 쳤지만 뜻하지 않는 곳을 돌파당했다.

"아, 분홍 원피스 입은 모델이요? 진혜린 씨 맞아요."

TV를 보면서 과자를 먹고 있던 진혜린은 자신의 이름이 들리자 긴장했다.

"네, 일단 물어볼 테니 한 시간쯤 후에 다시 전화주세요. 감사합니다."

고노미가 수화기를 내려놓자마자 진혜린이 물었다.

"나는 왜?"

"원래 온라인 쇼핑몰 모델 특집으로 잭을 인터뷰하고 싶어 하다가 안 된다고 하니까 여자 모델이라도 촬영하고 싶으니까 물어봐달라고 하네. 안 할 거지?"

"왜 안 해? 안 되는 건 잭이지. 나하고는 상관없잖아."

"잭이 낯선 사람 오는 거 싫어하잖아. 여러 사람이 올 텐데 지난번처럼 소동이라도 일어나면 어떡하려고."

"잭은 지하실에 있는데 뭐가 걱정이야."

"그래도 사람들 오는 거 싫어할 거야."

고노미가 고개를 절레절레 저었지만 진혜린은 포기하지 않았다.

"잭은 내가 알아서 할 테니까 다시 전화 오면 한다고 해. 잭은 그동안 지하실에서 나오지 말라고 하면 되잖아."

진혜린은 신이 났는지 들뜬 목소리로 대꾸하면서 옷을 입어본다고 다락방으로 올라가버렸다. 얼떨떨해진 고노미는 잠시 후 전화를 받고 촬영을 승낙했다. 2층 계단에서 통화하는 걸 지켜보던 진혜린이 두 손을 번쩍 치켜들었다. 그러고는 고노미를 도와 정말 열심히 청소를 했다. 그것도 모자라 여기저기 집 안을 꾸몄다. 정원에서 꽃도 꺾어 오고 테이블보도 산뜻한 걸로 바꿨다.

진혜린은 다음 날 낮에 어슬렁대며 나타난 잭에게 잔소리

를 했다. 다른 때처럼 느긋하게 소파에 누워 소시지를 먹으려
고 했던 잭이 투덜거렸다.

"시키는 대로 하면 내 펜던트 돌려줄 거야?"

"천만에. 청소해야 하니까 내려가."

"왜 내려가라고 하는 건데?"

고집을 부리고 버티는 잭을 펜던트의 힘을 빌려서 겨우 지
하로 내려보냈다.

"어휴, 저 고집쟁이."

진혜린은 촬영 때 입을 옷을 고른다면서 다락방으로 올라
갔다.

그때 초인종이 울렸다.

"아직 올 시간이 아닌데?"

열림 버튼을 누르고 화면을 본 고노미는 그만 깜짝 놀라
입을 떡 벌렸다. 사채업자 남씨였다.

"여긴 왜 왔어요?"

말릴 틈도 없이 집으로 들어온 남씨에게 고노미가 물었다.

"고노미 씨 사업이 잘 된다는 소식 듣고 축하하러 왔지. 요즘 잘나간다던데 이름이 특이해서 금방 알아봤어. 그런 좋은 일이 있으면 미리 귀띔해주면 좋잖아."

능글맞은 남씨의 웃음에 고노미는 기분이 상했다.

"굳이 축하할 필요 없어요."

"섭섭한데. 우리가 준 장비로 잘 되었으면 사례를 해야지."

비로소 남씨의 방문 목적을 파악한 고노미는 기가 막혀 입을 다물지 못했다.

"그런 억지가 어디 있어요? 그냥 돌려주는 거라면서요."

"무슨 소리. 우린 분명 임대해 준거라고. 무상이라는 증거 있어?"

기세등등하게 소리친 남씨가 집 안을 둘러보고는 덧붙였다.

"집도 넓은데 살면서 왜 이래."

"이런 흡혈귀보다 더한 악당 같으니!"

남씨는 콧방귀를 뀌고 소파에 드러누웠다. 그때였다. 지하실 문이 털컹 열리면서 잭이 모습을 드러냈다. 고개를 번쩍 든 남씨가 야비한 웃음을 지어 보였다.

"어쭈, 얌전한 줄 알았는데 기둥서방까지 들여놨네."

"내 소파에서 뭐 하는 짓이야?"

잭이 노려보면서 한마디 하자 남씨가 지지 않겠다는 듯 쏘아붙였다.

"나? 빚 받으러 온 사람이야. 그러니까 귀찮게 하지 말고 저리 꺼져."

잭은 남씨가 누워 있는 소파로 성큼성큼 걸어갔다. 그러고는 한 손으로 남씨의 뒷덜미를 움켜잡아 현관문 쪽으로 내던졌다. 아주 가볍게 날아간 남씨는 쿵 하는 소리와 함께 현관문 앞에 떨어졌다. 놀란 남씨가 눈을 동그랗게 뜨고 일어났다.

"힘 좀 쓰는 것 같은데 나한테는 안 되지."

짧은 다리에 어울리지 않게 빠르게 달려온 남씨가 잭에게 두발차기를 했다. 잭은 눈 깜빡할 사이에 뒤로 물러났고, 남씨는 그대로 바닥에 떨어졌다. 잭은 고통스러워하는 남씨의 멱살을 잡고 일으켜 세웠다. 두 사람의 키 차이 때문에 남씨는 허공에 대롱대롱 매달린 꼴이 되었다. 남씨가 땀을 삐질삐질 흘리며 말했다.

"아이고, 형씨. 아니 형님! 우리, 싸우지 말고 말로 합시다, 응? 말로."

"감히 내 자리에 누워?"

고노미가 이러지도 저러지도 못하고 있는데 설상가상으로 초인종까지 울렸다. 화면을 보니 카메라를 둘러맨 사람들이 보였다.

"방송국에서 왔나 봐. 잭! 그 사람 내려놔요."

잭은 요지부동이었다. 흥분했는지 슬슬 이빨까지 길어지려고 했다. 그 순간, 2층에서 내려온 진혜린이 잭에게 소리쳤다.

"잭! 지하실로 내려가. 어서!"

잭의 눈은 온통 붉은색이었다. 진혜린이 펜던트를 눈앞에 들이대자 입맛을 다시면서 남씨를 데리고 지하실로 들어갔다. 멱살을 잡힌 채 버둥거리던 남씨가 고노미에게 소리쳤다.

"돈 안 받을게. 살려줘!"

진혜린이 거칠게 문을 닫는 잭에게 소리쳤다.

"피 냄새 나니까 죽이지 마!"

순식간에 집 안이 고요해졌다. 놀란 고노미가 숨을 헐떡거리는 사이 진혜린이 문을 열었다.

"안녕하세요. 집이 참 좋네요. 부럽습니다."

티셔츠에 청바지 차림의 PD가 제일 먼저 들어오면서 감탄사를 날렸다. 충격에 빠져서 아무 말도 못하는 고노미를 대신해 진혜린이 사람들을 다락방으로 안내했다. 고노미는 방송국 사람들이 모두 올라갈 때까지 거실에 있다가 지하실 문에 귀를 갖다 댔다. 당장이라도 피범벅이 된 남씨가 문을 열고 기어나와 살려달라고 소리칠 것만 같았다. 그러나 안에서는 아무 소리도 들리지 않았다.

"뭐 해? 안 올라오고."

진혜린의 채근에 고노미는 간신히 2층으로 올라갔다.

"집 분위기가 특이한데요. 화면 잘 받겠어요. 일단 카메라 설치할게요."

카메라맨이 다락방 구석에 카메라를 설치하는 사이 조명기사가 라이트를 설치했다. 진혜린이 들뜬 표정으로 카메라 앞에서 이런 저런 포즈를 잡는 사이 고노미는 다락방을 드나들면서 거실을 내려다봤다. 그 사이 PD가 고노미에게 다가

왔다.

"남자 모델은 연락이 안 되는 겁니까?"

고노미는 갑작스러운 질문에 놀라 콜록거렸다.

"네, 잠수 타면 돌아올 때까지 기다려야 해요."

고노미가 지하실을 쳐다보면서 대답했다. 아쉽다는 듯 입맛을 다신 PD가 카메라맨을 불러서 이런 저런 지시를 내렸다. 콘셉트는 온라인 쇼핑몰 촬영 현장을 방문한다는 것. 신이 난 진혜린이 이런저런 포즈를 잡았다. 고노미도 시키는 대로 카메라로 진혜린을 촬영하는 척했다. 촬영하는 내내 지하실에 신경이 쓰였지만 다행히 아무 일도 벌어지지 않았다.

PD가 돌아간 다음에도 잭은 올라오지 않았다. 다음 날에도 올라오지 않았다. 걱정된 고노미가 지하실 문 앞을 서성거리자 진혜린이 한마디 했다.

"천천히 피 빨아먹고 있나 보지. 근데 언제 방송 된대?"

일주일 후, TV에 고노미와 진혜린이 나왔다. 쇼핑몰에 올라온 잭의 사진도 같이 있었다. 방송이 나간 후 고노미의 얼굴을 알아본 지인들에게서 연락이 오기 시작했다. 그러는 동안에도 남씨의 모습은 찾아볼 수가 없었다. 잭에게 물어봐도 이빨만 쑤실 뿐이었다. 그러던 어느 날, 김 변호사가 찾아왔다.

"저한테 연락도 하지 않고 TV에 나오다니, 대체 무슨 생각으로 그런 겁니까?"

"저랑 혜린 씨만 잠깐 나간다고 했는데 방송국 쪽에서 잭 사진도 같이 내보냈나 봐요."

"그게 말이 됩니까. 안 된다고 했어야죠."

"그게…."

고노미가 고양이 앞에 선 쥐처럼 구석으로 몰리자 진혜린이 끼어들었다.

"TV에 잠깐 나온 것뿐인데, 너무 요란 떠는 거 아니야?"

"두 사람도 문제지만 잭의 사진도 같이 올라갔습니다. 이대로 놔두면 사람들의 이목을 끌 겁니다. 제가 괜히 걱정하는 게 아니라는 점을 명심해주셨으면 합니다."

그러고는 변호사답게 가방 안에서 자료를 꺼내놓았다. 방송 후 잭이 포털사이트 검색 순위권에 오른 것 하며 누리꾼들이 잭에게 '옷발의 황제'라는 별명을 붙였다는 인터넷 뉴스 기사, 잭의 정체에 대해서 투표를 진행하는 인터넷 카페 캡처 화면 등이었다. 자료를 들여다보던 진혜린이 투덜거렸다.

"내 얘긴 하나도 없네."

"지금 농담할 상황 아닙니다. 이러다가 잭의 정체가 들통나면 어쩌실 겁니까?"

"뱀파이어의 연인이라고 나란히 어깨동무하고 사진 찍죠, 뭐."

진혜린은 대수롭지 않다는 듯 대꾸하더니 소파에 벌렁 누워버렸다. 김 변호사는 살짝 미간을 찌푸리며 자료를 주섬주섬 챙겼다.

"앞으로 들어오는 인터뷰 요청은 모두 거절하세요. 잭도 쇼핑몰 모델로 쓰지 마시고요."

"잭도 사진 찍는 건 좋아하는데요."

"그렇다고 위험을 자초할 필요는 없잖습니까. 눈앞에 안 보이면 사람들은 바로 흥미를 잃어버릴 겁니다."

"네. 저도 일이 더 커지는 것은 바라지 않아요."

두 사람 사이의 대화를 지켜보던 진혜린이 끼어들었다.

"큰일이 난 것도 아닌데 너무 그러지 말아요. 분명 잭도 좋아했다고요."

"이제 큰일이 생기겠죠. 조심해서 나쁠 건 없습니다."

"문제가 생기면 해결하라고 당신이 있는 거잖아요."

"문제를 방지하는 것도 제 일입니다."

"김 변호사야 말로 그렇게 꽉 막힌 생각을 가지고 어떻게 요즘 시대를 사는지 모르겠네요."

늘 침착한 모습을 보이던 김 변호사였지만 진혜린의 말을 듣고는 표정이 굳었다.

"그런 얘기를 나누기에는 때가 적당하지 않은 것 같군요."

"시대가 변하고 있잖아요. 그러니까 맞춰보려고 노력하세요."

"맞추다 보면 끌려가게 마련이죠. 아무튼 잭과 관련된 문제는 최대한 신중하게 판단해주셨으면 합니다."

김 변호사가 돌아가자 진혜린이 소파에 털썩 앉으며 중얼거렸다.

"너무 늙었어. 잭만 아니었으면 진작 바꿔버리는 건데."

"잭이 김 변호사를 좋아해?"

고노미가 의외라는 듯 묻자 진혜린이 대답했다.

"좋아해서 그러는 게 아니라 잭은 사람이 바뀌는 걸 별로 안 좋아해. 세월이 가는 게 느껴진다나."

"어쨌든 나 때문에 일이 커져서 미안해. 쇼핑몰 촬영은 그만할게."

"무슨 소리야. 잭이 좋아하는 거 못 봤어? 김 변호사 같은 늙은이는 그냥 무시해."

"하지만…"

"우리도 언제까지 잭만 돌보고 살 순 없잖아. 김 변호사만 해도 그래. 그냥 유산을 관리하는 변호사야. 여기서 밀릴 순 없어."

"알았어. 대신 인터뷰는 안 하는 걸로 하자. 너무 불안해."

"오케이. 다음 촬영은 언제야?"

"모델이 외국 나갔다고 했으니까 일단 잠잠해지고 나면 하려고."

"하늘색 원피스 입고 찍고 싶어. 알았지?"

언제 올라왔는지 잭이 신이 난 진혜린의 말을 듣고는 코웃음을 쳤다.

"인간들이란 예나 지금이나 다를 바가 하나도 없군."

지하실로 내려온 잭은 계단 옆 옷걸이에 걸려 있는 양복을 쳐다봤다. 양복 윗저고리의 소매에 걸려 있는 낡은 주문표가 잭이 지나가면서 일으킨 바람에 살랑거렸다.

♠

1935년 경성.

두 사람은 오랫동안 떨어져 지냈지만 서로를 한눈에 알아보았다.

"옷이 변했군."

"겨우 옷뿐이야? 예전보다 세련되지 않아? 이름도 영자로 바꿨어."

"난 옛날 옷이 좋은데. 치마가 너무 짧아."

"세상이 변했어. 이제 조선이라는 나라는 없어졌다고."

"그럼. 누가 이 땅의 주인이지?"

"일본인들."

"대체 무슨 일이 있었던 거야?"

"설명하기 복잡해. 그나저나 생긴 건 서양 사람인데 한복을 입고 돌아다니면 눈에 너무 잘 띄겠어. 양복집에 먼저 가자."

영자는 진주 목걸이를 걸고 짧은 치마를 입고 있었다. 그녀는 핸드백을 옆구리에 끼고 앞장섰다. 'YMCA'라는 건물에 있는 3.1양복점이라는 곳에 들어간 영자가 주인에게 잭의 치수를 재게 했다. 치수가 맞는 양복을 입고 중절모까지 쓴 잭이 거울 앞에 서자 영자가 가볍게 박수를 쳤다. 며칠 있다 찾으러 오라는 표를 받고 영자는 양복집 주인에게 가볍게 목례한 뒤 밖으로 나갔다. 뒤따라 나온 잭은 거리와 사람들을 바라보다가 앞장서 걷던 영자에게 물었다.

"어떻게 이렇게 변한 거지? 저건 뭐야?"

"인력거. 사람이 끄는 수레 같은 거야. 옆에 지나가는 건 전차라고 해. 전기로 움직이는 마차 같은 거지."

"인간들은 쓸데없이 호기심이 많더니 결국 이상한 것을 만들어냈군. 저기 저 높은 건물은 뭐야?"

"화신 백화점. 저기 위에 반짝거리는 게 네온사인이라는 거야."

"영 적응이 안 되는데."

"놀랄 정도로 빨리 변하긴 했지. 그나저나 이제 아주 깨어난 거야?"

"그럴 생각이었는데 아무래도 다시 자야 할 것 같아. 요즘 뭐 하고 지내?"

"카페라는 곳에서 일해."

"잘 지내는 거 같아 보이는군. 이제 내 펜던트 돌려주었으면 하는데."

"흥. 얼굴 보자마자 하는 말이 펜던트라니 실망이야. 내 생각 안 했어?"

"너무 오래 보면 질리는 법이지."

잭의 냉담한 대꾸에 기분 나쁜 얼굴을 하던 영자가 화제를 돌렸다.

"요즘에는 일본말을 배우고 있어. 아주 쓸 데가 많거든."

"보기 좋군. 원하면 쭉 생각해줄 테니까 펜던트를 내게 건네주지."

영자는 잭의 말을 무시하고 노래를 흥얼거렸다.

오늘은 일찍 오마 약속하시고 자정이 지나 한 시 반인데
왜 인제 오세요. 내일도 그렇게 늦게 오시면 싫어요.
네, 꼭 일찍 와요. 네, 얼른 오세요. 네.

전차에서 내린 남자들이 노래를 부르던 그녀를 흘끔거리
며 지나쳐갔다.

"늙는 속도가 느려질 거라는 말을 들었을 때는 그냥 그런
가 보다 했는데 실제로 경험하고 나니 실감이 나. 고마워."

"펜던트를 돌려준다면 정말로 감사하고 있다고 생각하지."

"이거?"

영자는 목에 걸고 있던 펜던트를 꺼내 보였다.

"아무리 봐도 평범한 은제 펜던트 같은데. 어떤 힘이 여기
에 숨겨져 있기라도 한 거야?"

"그 펜던트의 주인을 지켜주기로 약속했어. 그뿐이야."

"고작 약속 때문에 천하의 잭이 쩔쩔 매는 게 이상해서 말
이야."

"뱀파이어의 약속이니까."

영자는 새침하게 고개를 돌리고 노래를 계속 흥얼거렸다.

회사에 취직할 때 월급을 타면 핸드백하고 파라솔하고

사주마 했지요. 가을이 다 가도 안 사주시면 몰라요

네. 꼭 사주세요. 네. 사다주세요. 네.

참을성 있게 노래를 듣던 잭이 말했다.

"펜던트를 돌려줄 생각이 없는 거 같네. 그럼 다시 잠이나 자야겠군."

"그 얘기는 이제 그만. 참, 사고 싶은 땅이 있는데 돈을 좀 보태줬으면 좋겠어."

"잠들기 전에 챙겨준 금은?"

"벌써 몇 백 년 전 얘기잖아."

"뻔뻔한 건 여전하군. 우리가 살던 집 뒷산 묘지 비석 아래를 파 보면 금과 은이 좀 있을 거야."

"고마워."

영자가 잭의 팔짱을 끼고 볼에 뽀뽀를 하자 지나가던 두루마기 차림의 노인이 혀를 끌끌 찼다.

"5백 년만의 재회 기념으로 어디 가서 한잔할까?"

영자의 말에 잭이 고개를 저었다.

"너무 복잡하고 사람이 많아졌어."

"그럼 우리 집으로 가."

"그나저나 피부가 좀 늙었군. 조만간에 할머니가 되겠어."

"흥! 난 안 늙을 거야."

"다행이군. 그럼 다음에 봐."

걸음을 멈춘 잭이 휘파람을 불자 천천히 따라오던 포드 승용차가 바로 옆에 멈춰 섰다. 놀란 영자가 물었다.

"어떻게 한 거야?"

차에서 내린 운전수가 공손하게 뒷문을 열어줬다.

"세상이 복잡해지니까 인간들 마음이 더 약해졌어. 덕분에 마음을 조종하기가 더 쉬워졌지."

"정말, 그럼 나랑 같이 도박장에 가자. 그곳에 있는 인간들은 정말 재미있을 거야."

"내가 지금 일어난 건 당신이 펜던트를 줄 생각이 있는지 알아보려고 했던 것뿐이야. 일본인들 천지가 된 땅에서 살고 싶지 않아. 언제쯤 자기들이 살던 곳으로 돌아가는 거야?"

"최소한 몇 백 년은 지나야 할걸."

"그럼 좀 길게 자야겠군. 잘 지내라고, 영자 씨."

중절모에 손가락을 살짝 갖다 댄 잭이 뒷좌석에 앉자 운전수가 공손하게 문을 닫았다. 다시 혼자가 된 영자는 길가의 레코드 상점에서 흘러나오는 박부용의 '노들강변'을 따라 부르며 돌아섰다.

￼

잭과 진혜린에겐 용모가 준수하다는 것 외에 온 집 안을 어지럽히면서 엄청나게 먹어댄다는 공통점이 있었다. 촬영 때문에 잠깐 장을 못 본 사이 먹을 것이 뚝 떨어져버렸다. 고노미는 오랜만에 차를 몰고 시내로 나갔다. 지하주차장에 차를 세우고 매장으로 올라갔다. 고노미는 사람들이 알아볼까 봐 모자를 푹 눌러쓰다 말고 혼자 피식 웃고 말았다. 방송에서는 온라인 쇼핑몰에 관한 얘기가 주를 이루었고, 진혜린이 잠깐 나왔을 때 고노미가 촬영하는 시늉을 하면서 옆에서 옷을 뒤적거렸던 게 전부였는데, 얼굴이 팔렸을까 봐 걱정하다니! 절대 그럴 일은 없다. 다음 장면은 남자 모델들을 소개하면서 '옷발의 황제'로 떠오른 잭에게 조명이 집중되었다. 인터뷰나 촬영 없이 쇼핑몰 사진을 보여주는 게 전부였지만 잭의 분량이 진혜린보다 많았다. 진혜린은 대수롭지 않게 여겼지만 김 변호사 때문에 잭을 모델로 한 촬영은 더 이상 힘들 것 같았다. 돈을 벌어서 독립할 꿈도 물 건너간 셈이다.

이런 저런 생각에 머리가 지끈거린 고노미는 토마토주스와 소시지를 몇 박스 카트에 넣었다. 큰 것과 중간 것, 작은 것, 치즈가 들어간 것 등등 소시지를 종류별로 샀다. 마지막으로 캐러멜팝콘을 사러 가려는데 뒤에서 목소리가 들렸다.

"고노미다. 고노미."

이름을 듣고 무심코 뒤를 본 고노미는 깜짝 놀랐다. 교복을 입은 다섯 명의 여학생들에게 순식간에 포위당한 것이다.

"고노미 맞다니까."

"고노미 맞죠?"

"응? 으…응."

고노미는 드세 보이는 여고생들의 기에 눌려 고개를 끄덕거렸다.

"잭은 어디 있어요?"

"실제로도 멋진가요? 포토샵 한 거 아니에요?"

교복을 입은 아이들은 쉴 새 없이 잭에 대해서 물어댔다.

"아니, 손 댄 거 없어. 그대로야."

고노미의 대답에 리더 같아 보이는 애가 말했다.

"그럴 줄 알았어. 잭 성격도 좋죠? 분명히 매너 있고 자상할 거예요. 지적인 분위기가 있다니까요."

"좀 달라. 생각보다 자상하지는 않은데…."

"그럼 나쁜 남자 스타일?! 완전 내 이상형이야!"

여고생들이 제멋대로 만들어내는 잭의 이미지에 고노미는 한숨만 나왔다.

"너희들 생각과 좀 다를 수 있어."

('내 카트에 실려 있는 게 다 잭이 먹을 거란다.')

"달라도 괜찮아요. 잭 한 번만 만나게 해주세요, 네? 한 번만!"

"일할 때만 만나서 나도 잘 모르겠어. 다음에 만나면 광팬이 있다고 말해줄게."

('잭이 뱀파이어라는 것을 알고도, 아니 잭의 식성을 알고도 계속 좋아할 수 있겠니?')

"꼭 얘기해주세요."

겨우겨우 약속을 하고 아이들에게서 풀려날 수 있었다. 고노미는 한숨을 돌리고서 카트에 가득 쌓인 먹거리를 보며 중얼거렸다.

"이제 뭘로 돈 벌지?"

고노미는 온라인 쇼핑몰 업체 쪽에 잭이 출국해서 당분간
일을 못 하겠다고 통보하고서 작업을 정리했다. 며칠 후 담당
자가 그동안 수고했다며 식사나 같이 하자고 연락했다. 고노
미는 진혜린에게 같이 나가자고 했다. 약속 장소인 홍대 뒷골
목에 있는 스테이크 전문점에 도착해 보니 뿔테 안경을 쓴 쇼
핑몰 담당 과장이 두 사람을 반겼다.

"그동안 고생 많으셨습니다. 진혜린 씨께서는 사진보다 더
아름다우시네요."

네 개의 테이블이 있는 스테이크 전문점은 아담했다. 일부러
어둡게 조명을 했는지 어두침침한 벽에 외국의 거리가 찍힌
사진과 와인 셀러가 놓여 있었다. 종업원이 가져온 메뉴판을

보고 고노미가 깜짝 놀란 표정을 짓자 담당 과장이 웃었다.

"제 돈으로 내는 건 아니니 부담 갖지 말고 주문하세요."

"회사 카드 가져오신 건가요?"

"식사 다 하고 알려드릴게요."

세 명은 화기애애한 분위기에서 음식을 먹으며 이런 저런 얘기를 나눴다. 식사를 마친 진혜린은 살찐다고 걱정하면서도 후식으로 초콜릿 아이스크림을 골랐다. 식사가 대충 마무리되자 담당 과장이 고노미에게 말했다.

"한 사람 더 불러도 될까요?"

"누구요?"

"전부터 고노미 씨를 만나게 해달라던 사람이 있는데, 오늘 일을 알고 계속 부탁하지 뭡니까."

담당 과장은 미안하다는 듯 얼굴을 붉혔다.

"왠지 미리 짠 각본 같은데."

옆에 있던 진혜린이 냅킨으로 입을 닦으며 말했다.

"어떤 사람인데요."

고노미의 물음에 담당 과장은 애매한 미소를 지었다.

"고노미 씨를 잘 안다고 하더군요. 길 건너편 카페에서 기다리고 있다고 하니까 같이 가시죠."

고노미가 우물쭈물하자 진혜린이 한마디 했다.

"이 근처에 있다니까 한 번 만나 봐. 별 일 있겠어?"

진혜린의 부추김에도 불구하고 고노미가 선뜻 응하지 않자 담당 과장이 말했다.

"움직이기 곤란하시면 잠깐 이쪽으로 오라고 하겠습니다."

담당 과장이 전화를 하러 밖으로 나가자 진혜린이 말했다.

"남자가 틀림없어."

"난 낯선 사람 만나는 거 싫어. 일이 더 커지는 것도 곤란하고."

"그럼 언제까지 뱀파이어 뒤치다꺼리만 하면서 살 건데?"

둘이 얘기를 나누는 사이 담당 과장이 누군가와 함께 가게 안으로 들어섰다. 무심코 그쪽을 쳐다본 고노미는 깜짝 놀랐다. 전성호가 예의 그 미소와 함께 테이블로 다가왔기 때문이다.

"오랜만이야. 잘 지냈어?"

"그럼, 천천히 말씀 나누세요. 전 먼저 일어나겠습니다."

담당 과장이 자연스럽게 빠져나가고 전성호가 자리에 앉았다. 고노미가 아무 말도 하지 않자 전성호는 진혜린 쪽으로 시선을 돌렸다.

"사진보다 실물이 훨씬 아름다우시네요."

"어머, 별말씀을."

"난 먼저 갈게요. 미안해요."

고노미가 냅킨을 식탁 위에 내던지더니 자리에서 벌떡 일어나 밖으로 나갔다. 고노미는 혼란스러운 마음을 진정시키기 위해 무작정 길을 걸었다. 정신을 차려 보니 홍대 주차장 거리 한복판이었다. 겨우 한숨을 돌렸는데 핸드폰 대리점이 보였다. 공짜라는 단어가 난무하는 광고판이 눈에 들어왔다. 고노미는 문득 얼마 전에 잭에게 핸드폰을 사줘야겠다고 마음먹었던 것이 생각났다. 점포 안으로 들어서니 종업원이 환한 미소로 맞이했다.

"어서 오세요. 최신형 스마트폰이 무료입니다."

"기능이 너무 복잡한 거 말고, 좀 간단한 걸로 추천해주세요."

"부모님한테 선물하시려고요? 효녀시네요. 부모님 나이가?"

"그렇게 많지는 않아요. 이걸로 할게요."

고노미는 말이 길어질까 봐 진열된 것 중에 비교적 기능이 단순해 보이는 검정색 핸드폰을 집어 들었다.

터덜터덜 집으로 돌아온 고노미는 현관에 버려진 배송상자를 보고는 잭이 또 뭔가 주문한 걸 알아차렸다. 잭은 소파에 앉아서 장난감 해시계를 바라보는 중이었다. 뱀파이어가 해시계라니, 고노미는 저도 모르게 '큭큭' 거렸다. 잭이 고개를 돌렸다.

"왜 웃어?"

"그냥요. 해시계는 왜 산 거예요?"

"옛날 생각이 나서. 이거 만들 때 옆에 있었거든."

♠

기원전 6세기. 이집트

"이게 뭐지?"

잭의 물음에 아낙시만드로스가 대답했다.

"그노몬(Gnomon)일세. 이걸로 시간을 알 수 있다네."

"시간?"

"응. 지난 번에 자네가 막대기를 꽂아뒀더니 해가 지나가면서 그림자 방향과 길이가 달라졌다고 했잖아."

"기억나. 이 막대기로 어떻게 하겠다는 거야?"

잭은 흰색 리넨으로 만든 로인클로스(Loincloth: 고대 이집트의 의상으로 허리에 간단하게 둘렀다) 차림의 아낙시만드로스가 막대기를 가리키면서 설명하는 것을 잠자코 들었다.

"해가 지나가면서 막대기에 그림자가 생겨. 그걸 측정해서 지금이 몇 시인지 알아내는 거지. 막대기 주위에 수치를 표시해놓고 그림자가 거기 맞으면 시간이 들어맞는 방식이야."

"간단하군. 그런데 이걸로 뭐하지?"

"하루 동안에 해야 할 일을 정할 수 있지. 시간은 불변이지만 어떻게 쓰는지 결정할 수 있게 된 걸세. 신에게 제사를 지낼 때도 정확한 시간에 맞춰서 제물을 바칠 수 있지. 성문도 정확하게 열고 닫을 수 있게 될 거야."

아낙시만드로스는 껄껄 웃으며 덧붙였다.

"뱀파이어인 자네한테는 의미가 없겠지만 인간은 하루하루를 알차게 보내는 것이 중요하다네."

"나한테도 시간은 중요해. 다만 단위가 틀릴 뿐이지."

웃으며 대꾸한 잭은 멀리 사막 한복판에 자리 잡은 피라미드를 쳐다봤다. 저기 묻힌 파라오는 잭에게서 영생을 얻고자 했으나 잭이 영생이 주는 끔찍함을 들려주자 여러 말 하지 않고 포기했다. 상념에 빠졌던 잭이 아낙시만드로스에게 말했다.

"인간들은 확실히 변하고 있어. 앞으로는 지금과 비교도 안 되게 빨리 변하겠지."

"맞아. 인간들은 앞으로도 많이 변할 거야. 그런 측면에선

자네가 부럽군. 그들이 앞으로 어떻게 될지 지켜볼 수 있으니까 말이야."

"모두 변하는데 나만 변하지 않는 것도 두려운 일 중 하나라네."

"그나저나 자네와 나의 발명품을 파라오께서 좋아하실까?"

"난 그냥 얘기만 해줬을 뿐. 파라오께서는 호기심이 많으니까 관심을 가지실 거야. 원하면 나와 함께 알현하도록 하지."

"역시 자네밖에 없어. 고맙네. 대신 맥주는 내가 사지."

♠

"자네 말이 맞았어. 인간은 계속 변해왔어."

잭은 장난감 해시계를 바라보면서 감개무량한 목소리로 말했다. 뭔가 허공에 대고 말하는 느낌이었다. 고노미는 신발을 벗고 들어와 잭에게 박스를 내밀었다.

"이게 뭐야?"

"열어봐요."

잭은 포장이 왜 이렇게 복잡하냐고 구시렁거리며 박스를 열고 안에 있는 걸 집어 들었다.

"이게 핸드폰이라는 건가?"

"블랙이 잘 어울릴 것 같아서요."

"내가 이걸 왜 써야 하는데?"

"예를 들어서 내가 밖에 있는데 소시지가 갑자기 떨어졌다. 그러면 이걸로 나한테 연락을 하면 돼요. 대판 싸우고 나서 얼굴 보고 얘기하기 좀 그렇다 싶어도 이걸 쓰면 돼요. 그리고…."

핸드폰을 낚아챈 고노미가 화면을 보여줬다.

"짜잔! 시간이 이렇게 나오니까 지금이 밤인지, 낮인지, 몇 시간 전에 소시지를 먹었는지 알 수 있어요. 좋아하는 드라마도 이걸로 볼 수 있고요."

"정말?"

잭이 믿을 수 없다는 듯 되물었다. 피식 웃은 고노미는 웹페이지에 주소를 쳐서 보여줬다.

"회원가입을 하면 볼 게 많아요. 마음에 들죠?"

"시간이 이렇게 표시되다니 그 친구가 봤으면 까무러쳤을 거야."

"누구요? 뱀파이어 친구요?"

고노미의 물음에 잭은 장난감 해시계를 턱으로 가리키면서 대답했다.

"저걸 만든 사람. 맥주를 좋아했지."

잭은 핸드폰이 마음에 들었다. 특히 디지털로 표시되는 시간이 아주 마음에 들었다. 막대기로 시간을 재던 아낙시만드로스에게 보여주고 싶었다. 잭은 며칠 동안 핸드폰을 가지고 놀았다.

그날도 잭은 어김없이 TV시청을 마치고 만족스러운 마음으로 지하실로 가려다 말고 걸음을 멈췄다. 고노미는 다락방에서 옷을 정리하는 중이었고, 진혜린은 거실에서 핸드폰으로 누군가와 통화 중이었다. 잭이 진혜린에게 물었다.

"누구야?"

"지난 번에 밖에서 만난 사람. 알고 보니 고노미 옛날 애인이지 뭐야."

"그 사람이 왜 우리 집 정원에 있는 거지?"

불쾌한 표정으로 잭이 묻자 진혜린이 대답했다.

"작업실이 보고 싶다고 해서."

"내가 함부로 사람 부르지 말라고 그랬지."

"어머, 고노미 옛날 애인이라니까 질투하는 거야? 아무튼 우리가 보모도 아니고. 하루 종일 너만 돌보면서 살 수 없잖아. 안 그래?"

뭐라고 말하려던 잭은 그대로 지하실로 들어가버렸다. 아무것도 모르고 다락방에서 짐을 정리하고 내려오던 고노미에게 진혜린이 말했다.

"밖에 손님 와있어."

"누구?"

"네 옛날 애인. 기다리고 있어."

장난기 어린 진혜린의 말에 고노미는 우울한 표정으로 말했다.

"그 사람은 보고 싶지 않은데."

"옛날 일인데 뭐 어때? 직접 만나서 미안하다고 사과하고 싶대."

고노미는 왜 그럼 지금까지는 아무 연락도 없었는지 모르겠다고 속으로 웅얼거렸다.

"다시 생각해봤는데 말이야."

갑자기 들려온 잭의 목소리에 고노미와 진혜린 둘 다 꽥 하고 소리를 질렀다.

"깜짝이야!"

"아무래도 내 집에 낯선 남자를 들이는 게 마음에 안 들어. 그러니까 지금 당장 돌려보내."

"알았으니까 지하로 좀 내려가요."

"싫어. 소파에 누워서 TV 볼 거야."

잭은 소파에 턱 드러누워 토마토주스를 들이켰다. 진혜린
이 신경질을 내며 떠밀어보았지만 요지부동이었다. 그 광경을
지켜보던 고노미가 말했다.

"알았어요. 돌려보낼게요."

고노미는 슬리퍼를 신고 현관문을 나가 정원을 어슬렁거
리는 전성호에게 다가갔다. 전성호는 여전히 매력적인 미소를
짓고 있었다. 고노미가 냉담하게 말했다.

"집에 일이 있어서요. 오늘은 그냥 돌아가주셨으면 좋겠
는데."

"이런, 지은 죄가 있으니 할 수 없지. 대신 꽃은 받아줄
거지?"

전성호는 고노미가 좋아하던 붉은 장미 한 다발을 내밀었
다. 머뭇거리던 고노미는 한 손으로 꽃을 받아들었다. 전성호
는 싱긋 웃으며 대문 밖으로 사라졌다. 한숨을 푹 쉬며 꽃향
기를 맡다가 눈을 들었더니 잭이 창가에 서서 자신을 노려보
고 있었다. 고노미는 장미꽃을 정원에 던져버리고 안으로 들
어갔다.

진혜린은 방으로 돌아갔는지 보이지 않았고, 잭만 홀로 토
마토주스를 홀짝이고 있었다. 고노미는 아무 말 없이 잭이 어

질러놓은 것을 치웠다. 보통 때 같았으면 멀찌감치 떨어져 있었을 잭이 꼼짝도 않고 서서 물었다.

"저 사람이 애인인가?"

잭의 말에 발끈한 고노미가 대들었다.

"애인이 아니라, 아주 오래전에 알던 사람이라고요."

"집까지 찾아온 걸 보니 사이가 좋아진 모양이지."

잭이 전성호와 자신을 엮어서 말하자 고노미는 기분이 나빠졌다.

"우연히 만났어요. 정말 우연히. 다시는 볼 일 없을 거예요."

"아직도 잊지 못한 모양이군."

소시지 껍질을 집어 들다 말고 고노미는 맥이 탁 풀렸다. 깜빡 잊고 은십자가를 매고 있지 않은지 목덜미를 더듬거렸다. 그 광경을 지켜보던 잭이 폭소를 터트렸다.

"변호사 영감탱이가 또 헛소리를 한 모양이군. 너한테는 효과가 없어."

"왜죠?"

고노미의 반문에 잭은 손가락으로 관자놀이를 톡톡 치면서 대답했다.

"지난 번에 기절했을 때 내 과거를 본 적 있지? 그건 너랑 내가 정신적으로 연결되어 있다는 뜻이거든."

잭의 설명을 들으며 고노미는 옛날 뱀파이어 영화에서 나오던 가련한 여자 희생자들을 떠올렸다. 그녀가 점점 얼어붙어가는 것을 느낀 잭이 혀를 끌끌 찼다.

"그냥 정신적으로 연동이 되는 거지, 내가 일방적으로 조종할 수 있는 건 아니야."

"왜 내가 당신이랑 정신적으로 연결된 거죠? 우린 공통점이 아무것도 없잖아요."

"그 이유는 나도 모르겠어. 가끔 인간들 중에 유독 잘 통하는 사람들이 있긴 한데."

"내 마음을 읽을 수 있다고 했죠? 지금 여기 뭐가 들어 있나요?"

고노미는 자기 가슴을 가리키면서 물었다. 잠깐 머뭇거리던 잭이 한마디 했다.

"두려움."

"뭐에 대한 두려움이요?"

"거의 모든 것…"

"데이트할 때 편하겠어요. 여자 마음을 훤히 읽을 수 있으니까요."

소파 구석에 앉아 있던 고노미가 TV 화면을 멍하니 쳐다보면서 중얼거렸다.

"꼭 좋은 것만은 아니야. 그나저나 혜린이 그 친구 주려고 와인을 사다놓은 것 같던데. 우리끼리 마실까?"

잭은 코르크 마개를 능숙하게 따더니 두 개의 와인 잔에 부드럽게 와인을 따랐다. 이렇게 조용한 분위기로 단 둘이 있는 건 처음이라 많이 어색했다. 분위기를 풀려는 듯 잭이 물었다.

"이제 사진은 안 찍어?"

"아쉬워요?"

"약간은? 재미있었던 건 사실이니까."

피처럼 붉은 와인을 한 모금 마신 잭이 대답했다.

"나중에 일 있을 때 다시 보기로 하고 끝냈어요. 그동안 도와줘서 고마워요."

잭은 픽 웃으며 와인 잔을 마주쳤다.

평소에 보던 까칠함과는 거리가 먼 모습에 고노미는 용기가 생겼다.

"근데, 정말로 관에서 잠을 자요?"

"아니, 침대에서 자."

고노미는 잭의 표정을 보고서야 농담하고 있다는 사실을 눈치챘다.

"나한테 잠은 그냥 시간을 빨리 보내기 위한 수단일 뿐이야. 원할 때는 인간들 시간으로 수백 년간 잠들 때도 있지."

"누굴 사랑한 적 있나요?"

고노미의 물음에 잭이 움찔했다. '아차' 싶은 고노미가 사과하려는 순간, 잭이 말했다.

"지하실에 가볼래? 한 번도 본 적 없지."

뜻밖의 제안에 고노미는 고개를 끄덕거렸다. 앞장선 잭이 지하실로 통하는 문을 열었다. 낡고 어두컴컴한 계단에 거미줄이 그득할 것이라는 예상은 보기 좋게 깨졌다. 낡았지만 튼튼해 보이는 나무 계단을 밟고 내려간 고노미는 눈앞의 광경을 보고 입을 다물 수가 없었다. 지하실은 처음 보는 물건으로 가득했다. 한쪽 벽면에 놓인 선반에는 영화 〈300〉에서 본 눈만 나오는 투구를 비롯해서 보석이 박힌 단검이나 진주목걸이 같은 것으로 가득했다. 반대쪽 벽면은 큰 항아리와 그림 등으로 채워져 있었다.

"와, 무슨 보물창고 같아요. 어떻게 이런 물건들이 여기 있죠?"

"심심해서 조금씩 모으기 시작했지."

잭은 대수롭지 않다는 듯 말했다.

"다 영화에서나 본 것뿐이에요. 저 투구는 뭐에요?"

"'마라톤'이라는 곳에서 싸웠던 그리스인 친구가 준 거야. 왜 주냐고 물었더니 아테네까지 뛰어가야 하니까 필요 없다고 하더군."

"오래 살면 정말 재미있을 것 같아요."

고노미는 별 생각 없이 내뱉었다가 잭의 표정이 심상치 않게 변하는 걸 보고서야 말끝을 흐렸다.

"그러니까 제 얘기는…."

"가족과 이별한 적 있지?"

"네."

"기분이 어땠지?"

"아주 슬펐어요."

"난 그걸 수백 번, 아니 수천 번 겪었어. 세상에 완벽한 행복은 없어. 얻는 게 있으면 잃는 게 있는 법이지. 이런 골동품을 모아놓은 건 기억하기 위해서야. 내가 누굴 사랑하고, 누구와 우정을 나눴는지 말이야."

얘기를 마친 잭은 고노미가 들고 있던 투구를 뺏어 들고 제자리에 갔다 놨다.

"인간들은 불멸을 부러워하지만 사실 큰 대가가 따르는 일이지. 그래서 우린 이걸 저주라고 불러."

"저주요?"

고노미는 자신도 모르게 잭의 말을 따라 했다.

"그래, 저주. 홀로 남겨지고 뒤처지는 저주 말이야."

잭이 한숨을 쉬며 한가운데 놓여 있는 붉은색 소파에 털썩 주저앉았다. 긴 다리를 꼬고서 한 손으로 머리를 받쳤다.

"내가 여기서 그동안 뭘 했는지 궁금했지? 여기 이렇게 앉아서 물건을 보면서 과거를 떠올리곤 했어."

"미안해요. 앞으로 팝콘 먹고 어질러놔도 잔소리하지 않을게요."

피식 웃은 잭이 자리에서 일어났다.

"우리가 조금 더 가까워진 것 같네."

지하실 탐험을 마치고 올라온 고노미는 지저분한 소파를 보면서 피식 웃었다. 부엌에서 가져온 쓰레받기와 빗자루로 소파 주변을 치우는데 진혜린이 콧노래를 부르며 들어왔다.

"무슨 기분 좋은 일 있어?"

"응, 성호 씨하고 시내에 가서 잠깐 커피 한잔하고 왔어. 알고 보니까 그 사람, 괜찮던데?"

"그래? 이제는 관심이 없어서."

"아무튼 다음 주에 같이 영화 보기로 했는데 괜찮아?"

딱히 이해를 구하거나 대답을 바라는 질문은 아닌 것 같았다. 사뿐사뿐 계단을 오른 그녀는 자기 방으로 들어갔다. 내 삶 속에 그 남자가 다시 들어오다니! 고노미는 갑자기 온몸에서 힘이 쫙 빠져나가는 것 같았다.

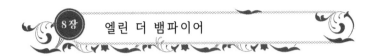

고노미의 삶은 다시 무료해졌다. 잭은 여전히 팝콘을 흘리면서 밤새도록 TV를 봤다. 청소를 더 자주 해야 해서 귀찮았지만 더는 그가 밉거나 두렵지 않았다. 진혜린은 대놓고 얘기하진 않았지만 전성호와 자주 만나는 느낌이었다. 둘이 다정하게 있는 모습을 상상하면서 고노미는 질투인지 연민인지 모를 감정에 휩싸여 한동안 꼼짝도 하지 못했다. 그렇다고 전성호와 다시 시작하고 싶다는 마음은 추호도 없다. 다만 시간이 흐를수록 그를 만나 당시에 일어난 일에 대해 듣고 싶다는 생각이 강해졌다. 그래야만 그때 받았던 상처를 지울 수 있을 것 같았다.

어느 날 고노미는 외출에서 돌아온 진혜린을 붙잡고 앉아 전성호와 약속을 잡아달라고 부탁했다. 그 말에 진혜린의 표정이 묘하게 변했다.

"알았어."

짧게 대답하고 방으로 올라갔던 진혜린이 잠시 후 내려와서 달력에 붉은색 동그라미를 그려 넣었다.

"이날 시간 괜찮대. 홍대에서 매일 만나던 카페라고 하면 알 거라던데."

될 수 있으면 태연해지려고 노력했지만 약속 날짜가 가까워질수록 고노미의 마음은 답답해졌다. 만나서 무슨 얘기를 해야 할지 정리가 되지 않았다. 그동안 돈 때문에 고생한 것을 보상해달라고 할까? 아니면 그때 만났던 여자에 대해 따져야 할까? 머릿속이 복잡해진 고노미는 방금 청소한 거실을 다시 청소하기 시작했다. 약속한 날이 되자 진혜린은 고노미가 입을 옷을 직접 골라주고 화장도 해주었다. 예쁘다고 호들갑을 떨어대는 진혜린 옆에서 잭이 한마디 했다.

"올 때 소시지 사와. 천하장사 치즈 맛으로."

"어머, 잭 질투하는 거야?"

진혜린이 웃기다는 표정으로 묻자 잭이 코웃음을 쳤다.

"질투하긴, 할머니가 못 하는 소리가 없어."

잭이 이죽거리자 진혜린이 곧 폭발할 것처럼 얼굴을 붉

했다.

온종일 심경이 복잡했던 고노미는 준비를 마치고 전성호를 만나러 나갔다. 늘 가던 그 카페는 몇 년 전의 모습 그대로였다. 시간이 하나도 흐르지 않은 것 같았다.

집에 남은 진혜린은 괜히 초조한 표정으로 거실을 왔다 갔다 했다. 드라마를 보면서 정신없이 소시지를 먹어치우던 잭이 중얼거렸다.

"저게 연기야? 얼굴만 믿고 브라운관에 나서는 것들은 죄다 혼쭐을 내야 해."

그 말을 들은 진혜린이 신기하다는 듯 말했다.

"어머, TV 많이 보더니 제법 사람 얼굴을 알아보는 모양이네."

"할망구보다야 많이 보지."

"화가 많이 나 있네."

"화 안 났어."

"할망구라는 말은 화날 때만 하잖아. 고노미 때문에 신경 쓰여?"

잭은 소시지를 반쯤 베어 물고서 엉뚱한 대답을 했다.

"소시지가 작아졌어. 이거는 사지 말라고 해야지. 고노미는 정말 옛날 남자친구를 만나러 간 거야?"

"응. 사람은 누구나 옛사랑이 그리운 법이거든."

"당신도 옛사랑이 그리워?"

"가끔 생각나긴 해."

진혜린의 대답에 잭이 코웃음을 쳤다.

"너무 많아서 기억이나 할 수 있을지 모르겠군."

"내 옛사랑은 지금 눈앞에 있지. 믿지 않아도 상관없어."

"날 진정 사랑한다면 펜던트를 넘겨줘."

"그건 별개의 문제고."

"내가 눈 뜰 때 넌 항상 곁에 없었어."

"하루 정도면 참아줄 수 있지만 몇 십 년이나 몇 백 년 동안 기다리라는 건 너무 뱀파이어 중심적이잖아."

"날 기다리지 않은 건 그렇다 쳐도 왜 만날 때마다 다른 사람이 되는 건데?"

"당신 같이 사람들을 마음대로 조종할 수 있고, 힘이 세다면 굳이 변할 필요가 없지. 난 천천히 늙는다는 것 빼고는 아무 힘도 없어. 너는 항상 네가 모든 것의 중심이지. 변하려고 하지도 않고 주변을 돌아보려고도 하지 않아."

"내가 뼈대 있는 뱀파이어 귀족 출신이라 그래."

"어련하시겠어."

심드렁한 표정으로 대답한 진혜린은 자기 방으로 올라갔다.

고노미는 맞은편에 앉아 있는 전성호를 똑바로 볼 수 없었다. 전성호는 예전보다 약간 살이 쪘을 뿐 하나도 변한 게 없었다. 그는 고노미가 좋아하는 장미 꽃다발을 또 다시 건넸다.

"너무 미안해서 어떻게 사과해야 할지 모르겠네."

"지난 일이잖아요. 요즘 어떻게 지내요?"

"이것저것 하고 있지. 연예계 쪽 일을 하고 있어."

전성호가 내민 명함에 'HS엔터테인먼트'라고 적혀 있었다. 간단한 안부를 묻고 나니 할 얘기가 떨어졌다. 어색해진 고노미는 커피 잔을 내려다봤다. 말솜씨가 좋은 전성호가 연예계 이야기를 던지면서 흥미를 끌려고 했지만 고노미는 그저 무성의하게 고개를 끄덕거릴 뿐이었다. 고노미가 답답한 마음으로 창밖을 바라본 순간 얼핏 그림자 하나가 스쳐지나갔다. '뭐지?' 하고 쳐다보는데 전성호에게 전화가 왔다. 그가 잠깐 밖으로 나간 사이 고노미도 따라 나와서 그림자가 사라진 건너편 2층 건물을 올려다봤다. 달빛에 뭔가 보였다 다시 사라지는 것 같았다. 몇 걸음 떨어진 곳에서 전성호의 목소리가 들려왔다.

"네, 사장님. 이번 주 안에는 꼭 갚겠습니다. 그럼요. 이번에는 약속 꼭 지킬 테니까 한 번만 봐주세요."

몇 번이고 애원하고 나서 전성호가 전화를 끊었다. 그는 자신을 쳐다보는 고노미를 발견하고서 어색하게 웃었다.

"사업이라는 게 다 그렇지 뭐."

"여전하군요. 오늘 즐거웠어요."

고노미는 짧게 인사를 건네고 커피숍 안으로 들어가 핸드백을 챙겨 들고 나왔다. 허둥지둥 따라온 전성호가 갑자기 그녀의 팔을 잡았다.

"잠깐, 내 얘기 좀 들어 봐."

"할 얘기 없어요."

"좋은 아이템이 있어. 네가 데리고 있는 그 모델 말이야. 잭이라고 했던가?"

"왜요?"

"아는 제작사에서 올 여름을 겨냥해서 공포영화를 만들려고 하는데, 그쪽에서 그 친구를 주연으로 하는 뱀파이어 영화를 만들면 어떻겠냐고 제안하더라고."

이야기를 듣는 순간 고노미는 폭발하고 말았다.

"그러니까 잭이 필요해서 연락한 거군요. 어쩌면 사람이 이렇게 하나도 안 변할 수 있죠?"

"난 원래 이런 놈이니까. 잔말 말고 그냥 도와줘. 부탁이야."

전성호는 사람들이 오가는 길 한복판에서 무릎을 꿇었다. 지나가는 사람들이 재미있다는 표정으로 고노미와 전성호를 쳐다봤다. 창피해진 고노미가 말했다.

"얼른 일어나라고요."

"부담 줘서 미안해. 여기, 영화 기획서랑 계약서야. 그냥 잭이라는 모델한테 건네주고 나머진 그 친구가 판단하게 해줘. 잭이 직접 거절하면 다시는 귀찮게 하지 않을게."

"정말이죠?"

고노미의 물음에 전성호가 새끼손가락을 보여주면서 말했다.

"약속."

고노미는 서류봉투를 챙겨 들고 차를 세워둔 곳으로 향했다. 홍대 주차장 거리에서 제일 끝자락이라 인적이 드물었다. 차 곁에서 낯선 그림자를 발견한 고노미는 순간 멈칫했다. 그림자 중 하나의 키가 너무나 낯익었기 때문이다. 머리에 붕대를 두른 사채업자 남씨가 그녀 앞으로 걸어왔다.

"차 좋은데. 지난번에 집에 세워둔 거 보고 번호를 외워놨는데 여기서 볼 줄이야."

"무슨 일이에요?"

"치료비를 좀 받으려고. 네 기둥서방한테 좀 많이 맞았거든."

윗주머니에서 두툼한 종이뭉치를 꺼낸 남씨가 말했다.

"전치 15주에 정신적 피해까지 감안해서 딱 1억만 내."

"뭐라고요?"

"당장 돈이 없으면 일단 내가 싸게 빌려주지."

"그럴 생각 없으니까 당장 돌아가세요. 안 그러면 경찰을 부를 거예요!"

"오호, 혹시 법보다 주먹이 더 가깝다는 얘기 몰라? 봐, 지나가는 사람들 다 무시하잖아."

남씨의 말대로 다들 외면한 채로 걸음을 재촉할 뿐이었다. 어쩔 줄 몰라 하던 고노미가 핸드백 안에서 핸드폰을 꺼내려 했지만 손목을 잡히고 말았다.

"그러지 말고 어디 조용한데 가서 차나 한잔하면서 얘기하지. 내 동생들도 소개해줄게."

"그 손 치우지 못해?!"

주차장에서 익숙한 목소리가 들려오자 고노미는 너무 기쁜 나머지 비명을 질렀다.

"잭!"

어둠 속에서 잭이 터덜터덜 걸어 나왔다.

"다시 내 눈앞에 나타나면 가만 안 둔다고 했을 텐데?"

남씨가 코웃음을 쳤다.

"그건 나 혼자 있었을 때 얘기고. 얘들아, 밟아!"

남씨의 말이 떨어지기가 무섭게 뒤에 서 있던 남자들이 우르르 덤벼들었다. 하지만 잭이 더 빨랐다. 그는 눈 깜빡할 사이에 남씨의 부하들을 때려눕혔다. 한 방씩 맞고 비틀거리던 남자들이 차로 뛰어가더니 트렁크에서 쇠파이프와 야구방망이를 꺼내들었다. 다시 기세를 올린 남자들이 고함을 지르며 잭에게 덤벼들었다. 그러고는 도무지 믿을 수 없는 상황이 전개되었다. 잭의 머리를 겨냥해 내리친 야구방망이가 힘없이 부러졌는가 하면 어깨를 내리친 쇠파이프는 힘없이 구부러졌다. 남자들의 얼굴이 새파래졌다. 잭이 부러진 야구방망이를 든 남자에게 다가갔다.

"어딜 부러뜨려줄까? 대답이 없으니 목을 부러뜨려야겠네."

남자가 급히 부러진 야구방망이를 휘둘렀지만 잭에게 잡히고 말았다. 잭은 야구방망이를 움켜쥔 남자의 팔을 성냥개비 부러뜨리듯 꺾어버렸다. 그러고는 구부러진 쇠파이프를 든 남자에게 다가가서 또 물었다.

"어디?"

남자가 쇠파이프를 던져버리고 뒷주머니에서 작은 칼을 꺼내들었지만 역시 순식간에 잭의 손에 잡히고 말았다. 잭은 남자의 팔을 잡고 팔목부터 어깨까지 몇 대 때렸는데 그럴 때마다 뼈 부러지는 소리가 들렸다. 다른 두 남자는 주춤주춤 도망치려다 뒷덜미를 잡혔다. 애원하던 두 남자를 불쌍하다는 듯 내려다보던 잭이 남자들의 정강이를 한 대씩 걷어찼다. 두어 번 우두둑거리는 소리가 들리더니 곧이어 남자들이 발목을 감싸 쥔 채 바닥에 누워버렸다. 남씨는 이제 혼자였다. 그는 잭이 다가오자 어쩔 줄 몰라 하면서 이내 무릎을 꿇었다.

"아이고, 형님. 한 번만 살려주세요."

"지난번에 살려줬잖아."

휙 다가온 잭이 지난번처럼 남씨의 멱살을 잡아 올렸다. 그 사이 정신을 수습한 고노미가 말했다.

"죽이지 말아요, 잭."

"왜? 이자는 나와의 약속을 어겼어."

"그래도 죽이지 말아요, 네?"

"이번에 살려주시면 다시는 나타나지 않겠습니다. 형님."

남씨가 땀을 비 오듯 흘리며 애원했다. 주변을 둘러보던 잭이 고개를 끄덕거렸다.

"눈 감아."

"네?"

"좀 멀리 날아갈 거니까 눈 감으라고."

잭은 남씨가 눈을 감자마자 사뿐하게 내려놨다. 놀란 남씨가 눈을 뜨자 잭이 긴 다리로 걷어찼다. 축구공처럼 날아간 남씨는 공원 옆 쓰레기통까지 날아가서 거꾸로 처박혔다. 쓰레기봉투 주변을 어슬렁거리던 도둑고양이들이 뜻밖의 불청객에게 놀라 이리저리 흩어졌다.

차를 타고 오는 내내 잭은 눈을 감고 있었다. 집에 거의 도착했을 즈음 눈을 뜬 잭은 아무 말 없이 차에서 내려 집으로 들어갔다. 대문을 훌쩍 뛰어넘어 들어가는 잭의 뒷모습을 바라보다가 고노미도 주차장에 차를 집어넣은 뒤 안으로 들어갔다. 진혜린은 거실에서 TV를 보고 있었다.

"어서 와. 잭이 따라간 것 같던데, 데이트 방해하지 않았어?"

"아니, 도와줬어."

"성호 씨는 뭐래?"

"잭한테 영화 출연을 제의하려고 만나자고 한 것 같아. 그 남자는 원래 그래. 잭은?"

"뒤도 안 돌아보고 내려가던데."

흥미롭다는 시선을 던지는 진혜린을 뒤로하고 고노미는 다락방으로 올라갔다. 거의 다 올라왔을 즈음에야 들고 있던 서류를 테이블에 그냥 두고 온 게 생각났다. 그러나 '어차피 끝난 일 무슨 대수랴.' 하는 생각에 곧장 방으로 들어가버렸다.

고노미는 다음 날 진혜린이 잭한테 호들갑을 떠는 모습을 보고서야 아차 싶었다. 진혜린은 'HS엔터테인먼트 대표 전성호'라고 큼지막하게 박힌 서류를 한 손에 들고 있었고 잭은 무심한 표정으로 팝콘을 먹고 있었다.

"무슨 일이야?"

"뭐긴, 너한테 영화 출연 제의가 들어온 거잖아. 안 기뻐?"

"김 변호사가 뜯어말릴 텐데."

"그 늙다리는 신경 끄고. 영화에 출연하는 거 어때, 잭?"

진혜린의 물음에 잭은 심드렁하게 대꾸했다.

"별로. 나보고 망토를 두르고 송곳니로 여자 목덜미를 물고 다니란 말이야?"

"이건 그런 옛날 스타일이 아니라니깐. 한 번 읽어봐. 고노미도 와서 보라고."

얼떨결에 진혜린에게 끌려간 고노미는 '엘린 더 뱀파이어'
라는 제목의 시놉시스를 읽었다.

수만 년 전 외계에서 온 우주선이 지구에 불시착한다. 우
주선에는 우주를 방랑하던 엘린이라는 종족이 타고 있었다.
지구에 내린 소수의 생존자들은 미개하게 살고 있는 인간들을
불쌍하게 여겨 자신들의 문명을 전수해주기로 결정한다. 삼삼
오오 짝을 지은 이들은 전 세계로 흩어지고 놀라운 기술력을
본 인간들은 이들을 신으로 숭배한다.

완벽할 것 같던 엘린 종족에게는 치명적인 약점이 있었으
니, 바로 지구의 빛이었다. 생명 유지 장치가 파괴된 그들이
태양빛으로 인한 신체 손상을 막기 위해서는 인간의 헤모글로
빈, 즉 피를 마셔야만 했다. 인간들은 기꺼이 희생자를 내놓
았다. 하지만 시간이 흐르면서 인간은 차츰 교만해졌고, 엘린족
을 배척하기 시작한다. 각지에 흩어진 엘린족 역시 분열하면
서 갈등이 깊어지고, 결국 엘린의 최고 장로는 불시착했던 우
주선을 폭파한다.

이 여파로 전 세계에 대홍수가 일어나고, 엘린의 도움으로
생겨난 문명과 엘린족 대부분도 희생된다. 소수의 생존자들은
미리 대피하여 목숨을 건졌다. 살아남은 이들은 인간에게 기
술을 전수하지 말 것을 적극적으로 결의한다. 그들은 신의 위

치에서 내려와 인간들 틈에서 살아가기로 한다. 이들은 예전
처럼 제물로 바쳐진 인간의 피를 제대로 섭취하지 못하자 밤
에만 활동하게 되고, 그것이 뱀파이어 전설로 이어지게 된다.

"뱀파이어 영화치고는 스케일이 너무 큰데?"

앞부분을 읽은 고노미가 말하자 진혜린이 뒷장을 넘기며
대답했다.

"그건 영화 속에 나오는 영화 얘기야. 왜 그 액자구조 있
잖아."

"아이고, 할망구가 오래 살더니 제법 똑똑해지셨어."

끼어드는 잭을 흘겨보면서 진혜린이 고노미에게 말했다.

"뒷장을 보면 말이야, 완전 달라."

뒷장에는 다른 분위기의 내용이 적혀 있었다.

애써 쓴 시놉시스를 퇴짜 맞고 남자친구한테도 차여 기분
이 울적해진 애린은 친구를 만나러 갔다가 검은 오토바이에서
내린 남자를 본다. 남자의 묘한 분위기에 절로 이끌리게 된다.
친구에게서 그가 지하 밴드 연습실에 드나드는 '블레이드'라는
아마추어 밴드의 보컬이라는 말을 듣는다. 애린은 호기심에

지하로 내려간다.

애린은 음침한 분위기의 지하에서 연습에 열중하던 남자를 보고 분위기에 흠뻑 빠져든다. 그러다 연습실에 놀러온 여자아이들과 시비가 붙는다. 보컬은 싸움을 말리고는 모두를 쫓아낸다. 애린은 그에게 취재하고 싶다는 뜻을 전하지만 정중하게 거절당한다. 애린은 포기하지 않고 항상 밤에만 공연하는 이들을 따라다닌다.

한편, 밴드의 다른 멤버들은 밴드를 구경하러 온 여자애들의 피를 차례로 빤다. 애린은 거절을 당했지만 그냥 있을 수가 없었다. 같은 건물에 있던 친구의 도움으로 연습실에 몰래 카메라를 설치한다. 며칠 후 카메라에 찍힌 광경을 본 애린은 경악한다.

그런 애린에게 블레이드 밴드의 보컬이 나타나서 다짜고짜 오토바이에 태운다. 그리고 둘을 공격하는 블레이드의 다른 멤버들을 물리치고 어둠을 질주한다. 대체 정체가 뭐냐는 애린의 물음에 자신의 이름은 엘린이며 '예전에 신이었던 생존자'라고 대답한다. 깊은 숲속의 산장에 도착한 엘린은 애린에게 놀라운 얘기를 털어놓는다. 먼 옛날 우주로부터 온 외계종족의 후손인 이들은 지구에 과학 문명을 전수해줬지만 지구의 빛에 적응하지 못하면서 차츰 모습을 감췄다고 털어놓는다.

얘기를 듣던 애린이 깜짝 놀란다. 자기가 쓰고 있던 영화 시놉시스와 비슷했기 때문이다. 애린은 장난치지 말라고 한다. 그런 애린 앞에서 엘린이 뱀파이어로 변한다. 그대로 얼어붙은 애린을 진정시키는 엘린. 그 순간, 밴드의 멤버들이 습격해오고 엘린은 순식간에 제압당한다. 멤버들은 그녀를 끌어내서 비밀을 알고 있으니 살려둘 수 없다고 한다. 위기의 순간, 엘린이 나서서 애린도 같은 종족이라고 답한다. 어리둥절해하는 애린의 손목에 난 표시를 보여주는 엘린. 애린은 생존자들이 지구인과 결혼해서 낳은 혼혈이었던 것이다.

멤버들은 엘린에게 비밀을 누설한 죄로 대사제가 사형판결을 내렸으니 멀리 떠나라고 충고한다. 엘린의 오토바이를 타고 멀리 떠나는 두 사람. 하지만 대사제는 빈손으로 돌아온 멤버들을 모두 처형하고 처형대를 보낸다. 혼혈 역시 처형 대상이었던 것이다. 한편 오토바이를 타고 달리다가 해가 뜨자 빈 집에 들어간 두 사람. 그들 사이에 사랑이 싹튼다. 평범한 모습의 처형대가 두 사람의 뒤를 쫓아오는 가운데 애린의 바닷가 고향으로 내려간 두 사람은 부모님이 남긴 유품을 받아든다. 뱀파이어 아버지와 지구인 어머니는 이런 일을 예견한 듯 일기장에 뱀파이어가 인간이 될 수 있는 방법을 상세히 적어놓았다.

낮과 밤이 바뀌는 순간 떠오르는 해를 정면으로 바라보면서 고통을 참으면 인간이 된다는 것이다. 엘린은 애린을 위해 인간이 되기로 결심하고 바닷가 등대로 향한다. 처형대가 그들을 쫓아 등대로 찾아온다. 양쪽이 싸우는 와중에 애린이 엘

린을 지켜주다가 치명상을 입는다. 엘린은 애린에게 자신의
피를 줘서 그녀를 뱀파이어로 만든다.

엘린은 막 뱀파이어가 되려는 애린을 살리기 위해 자신은
솟아오르는 해를 등지고 재로 변한다. 대사제에게 끌려간 애
린은 뱀파이어가 됐기 때문에 살려둔다는 판결을 받는다. 다
시 일상생활로 돌아온 그녀는 예전에 퇴짜 맞았던 '엘린 더 뱀
파이어'에 관심이 있다고 한 영화사를 찾아간다. 그리고 영화
사에서 내민 계약서를 거절하고 시나리오를 되찾아와 불태운
다. 영화사를 나온 그녀는 옛날 애인을 찾아가서 거들먹거리
는 그를 신나게 쥐어 패고 돌아선다.

"대박 기운이 느껴지지 않아? 거기다 여자 주연이 누구
냐면…."

고노미는 들뜬 진혜린의 말을 잘랐다.

"김 변호사가 반대할 거야. 거기다 사진 촬영도 관심 없어
하던 잭이 영화 촬영에 순순히 응하겠어?"

"내가 부탁하면 들어줄걸, 안 그래?"

진혜린이 목걸이를 꺼내 잭의 눈앞에 대고 흔들며 대답했
다. 잭은 불편한 표정으로 팝콘을 먹어치웠다.

"그럼 하는 거다. 성호 씨한테는 내가 연락할게."

"다시 생각하는 게 어때?"

고노미의 말에 진혜린이 웃으며 대꾸했다.

"미적거리기에는 인생이 너무 짧지 않아, 특히 너한테는?"

계단을 천천히 걸어 올라가던 진혜린이 멍한 고노미에게 들리지 않을 정도로 조용히 중얼거렸다.

"내가 얼마나 영화를 찍고 싶어 했는지 알아?"

9장 뱀파이어 영화를 찍는 뱀파이어

진혜린은 방으로 들어가며 다른 이름으로 살았던 70여 년 전의 기억을 떠올렸다. 마음 한구석에서 잠자고 있던 통증이 천천히 깨어났다.

♦

1936년 경성.

'자세한 문의사항은 직접 내방해주시면 설명해드리겠습니다.'

영자는 〈동아일보〉 광고면에 실린 기사를 읽고 또 읽으며 영화사 사무소를 향해 걸어갔다. 같은 카페에서 일하던 은혜

가 어느 날 갑자기 영화배우가 된다며 거들먹거리던 광경이
떠올랐다. 자신보다 얼굴도 못 생기고, 말도 잘 못해서 늘 눈
밑에 두던 계집애였는데 손님으로 온 영화감독을 어떻게 구
워삶았는지 하루아침에 영화배우가 되었다. '우미관'에서 그
애가 나오는 영화를 본 다음부터 영자는 분노와 부러움에 잠
을 이루지 못했다. 영화배우가 하고 싶었지만 뾰족한 수가 없
었다.

그러던 중 신문에 난 여배우 모집 공고를 보고 영자는 하
루 동안 휴가를 얻었다. 신문에 모집 공고를 낸 영화사의 임
시 사무소는 탑골 공원 뒤편 낙원동에 있는 허름한 2층집이
었다. 당장이라도 부서질 것처럼 삐걱대는 나무 계단을 밟고
2층으로 올라갔다. 일본식 다다미가 깔린 거실에 대여섯 명
의 아가씨들이 모여 앉아 극장의 변사처럼 대본을 읽으며 연
습하고 있었다. 고개를 바닥에 처박고 웅얼대는 모습을 지켜
보던 영자에게 검정양복을 입고 팔자수염을 기른 남자가 물
었다.

"무슨 일로 오셨습니까?"

"여배우 모집 공고 보고 왔습니다."

남자들은 볼 만큼 봤지만 긴장한 탓인지 제대로 말이 나오
지 않았다. 남자가 그녀를 위아래로 쓱 훑어보더니 말했다.

"따라오시구려."

영자는 검정양복의 뒤를 따라갔다. 검정양복은 골목길을 가로질러 작은 인쇄소 뒷골목으로 들어갔다. 어깨를 부딪칠 만큼 좁고 구불구불한 골목이었다. 한참을 들어간 영자는 아까처럼 허름한 2층집으로 올라갔다.

"저쪽으로 들어가시구려."

앞장섰던 검정양복이 한낮임에도 불구하고 창문을 모두 닫아 어두컴컴한 집 안을 가리켰다. 안으로 들어가자 한쪽 구석 앉은뱅이책상에 앉아 있던 또 다른 팔자수염이 신문을 뒤적거리다 말고 영자를 쳐다봤다.

"여배우 지원하러 온 겁니까?"

"네."

영자가 대답하자 팔자수염이 턱으로 책상 건너편을 가리켰다.

"앞에 앉아서 일단 이 대본에서 밑줄 친 부분을 읽어봐요. 글은 읽을 줄 알죠?"

다소곳하게 앉은 영자는 꾸깃꾸깃한 종이를 집어 들고 소리 내서 읽었다.

"아이고 어머니, 이러지 마세요. 저는 무슨 일이 있어도 그이와 혼인하고 말 겁니다."

"그만."

팔자수염이 고개를 든 영자에게 말했다.

"날 보고 가장 슬플 때 표정을 지어보세요."

영자는 최대한 슬픈 표정을 짓기 위해 진상손님에게 시달렸을 때를 떠올렸다. 팔자수염이 이내 혀를 차더니 대답했다.

"대사 치는 솜씨도 그렇고, 표정을 보니 많이 배워야 할 것 같소. 일단 연기를 좀 배우고 난 다음에 얘기합시다. 밖에 있는 사무원한테 등록하면 연기수업을 시켜줄게요. 한두 달쯤 있다 봅시다."

"선생님, 전 지금 당장 영화를 찍고 싶습니다."

팔자수염이 버럭 화를 냈다.

"영화가 애들 장난으로 보입니까? 당신 같이 영화를 장난으로 생각하는 여자들이 문제라니까…."

팔자수염의 악담을 듣고 밖으로 나온 영자는 검정양복을 지나쳐 골목길을 걸어갔다. 잭이라도 있었으면 팔자수염을 혼내주라고 했겠지만 어디서 잠들었는지 통 모른다. 한숨을 푹 쉰 영자는 억지로 눈물을 참으며 터덜터덜 걸어갔다.

♠

다른 이름으로 살던 과거에서 벗어난 진혜린은 무심코 흘러나오는 눈물을 닦아냈다. 뜻밖에 얻게 된 이 이상한 삶에서는 절망과 질투, 의심 같은 두려운 감정만 오래 기억에 남았다. 진혜린은 목걸이를 움켜쥐고 중얼거렸다.

"기필코 잭을 영화에 출연시키겠어."

잭을 앞세워 영화계를 휩쓸고 다니자. 화려한 파티, 잘생긴 배우들, 영화계를 움직이는 큰손들과의 만남을 상상하자 마음이 들뜨기 시작했다.

다음 날부터 진혜린과 잭은 전쟁을 벌였다. 잭이 화를 내고 송곳니까지 드러내며 위협했지만 진혜린은 눈 하나 깜짝하지 않았다. 사흘째 되는 날, 결국 잭이 진혜린의 고집에 무릎을 꿇었다. 다음 날 진혜린과 잭, 전성호가 만나기로 했다. 고노미는 같이 나가자는 진혜린의 제안을 거절했다.

전성호는 의자에 앉아 있는 잭을 바라봤다. 처음 생각대로 고노미를 통해서는 아니었지만 어쨌든 잭을 영화판에 끌어들이는 데는 성공했다. 온라인 쇼핑몰이 망한 후, 영화기획사를 차렸지만 나날이 늘어나는 빚 때문에 파산하기 일보직전이었다. 그것도 조폭들의 사채를 쓴 탓에 예전처럼 다른 사람한테 떠넘기고 도망칠 수도 없었다. 그러다 우연히 TV에서 고노미와 함께 나온 잭을 봤다. 남자도 감탄할 만한 외모를 갖춘 그를 본 전성호는 얼마 전 영화배급사 한 부장이 한 말을 떠올렸다.

"위에서 트와일라잇 같은 뱀파이어 나오는 걸로 하나 해보래. 근데 몽땅 코미디라서 죽을 맛이야."

전성호는 마침 시나리오작가 지망생이 비슷한 대본을 들고 왔던 걸 기억해냈다. 책상 서랍 안에 쑤셔 넣었던 시나리오를 찾아 바로 한 부장에게 전화를 걸었다. 잭을 캐스팅한 것처럼 둘러대자 한 부장은 일단 진행하라고 했다. 한시름 덜어낸 전성호는 옛 인맥을 동원해서 고노미에게 접근할 방법을 모색했다. 고노미가 훼방을 놓으면서 일이 틀어질 뻔했지만 도움의 손길은 다른 곳에서 다가왔다. 웬일인지 적극적으로 나선 진혜린 덕분에 잭이 허락하기 일보직전까지 왔다. 잭, 이 남자는 아까부터 계약서만 들여다볼 뿐 서명할 기미를 보이지 않는다. 생각 같아서는 당장 손을 잡아서 계약서 위에 사인하게 만들고 싶었지만 뒤에 서 있던 진혜린이 그러지 말라는 듯 고개를 흔들어서 꾹 참았다.

"몇 가지 조건이 있어요. 첫 번째, 밤에만 촬영할 것. 인터뷰나 기타 영화 외적인 것은 일체 안 할 것. 그리고 별도의 휴식 공간을 준비해줄 것. 이 사항들에 대해서 논의하는 것은 전적으로 진혜린 씨에게 맡기겠습니다."

뜻밖에 유창한 한국어로 말한 잭은 전성호가 건네준 만년필로 계약서에 사인을 하고 나가버렸다. 잽싸게 계약서를 챙긴 전성호가 진혜린에게 물었다.

"왜 저렇게 싸가지가 없답니까?"

"오래 살아서 그래. 사인했으면 됐잖아."

"이제 시작이란 말입니다. 투자사나 감독 앞에서 저 따위로 굴다간 영화고 뭐고 당장 엎어지고 말 텐데. 자기가 무슨 슈퍼스타라고."

"화제감으로는 충분할걸? 외국인이라 우리 분위기를 잘 모른다고 둘러대면 되잖아. 투자사나 감독 쪽은 내가 만날게."

"어쩨 이 바닥을 잘 아시는 것 같습니다."

"왕년에 좀 기웃거렸지."

"아무튼 계약됐으니 축하주 한잔해야죠."

책상 서랍에서 와인과 플라스틱 와인 잔 두 개를 꺼낸 전성호가 진혜린에게 건배를 제안했다.

"도대체 뱀파이어를 뭘로 보는 거야."

집으로 돌아온 잭이 소시지를 우물거리며 중얼거렸다. 커피를 마시며 책을 읽고 있던 고노미는 들은 척도 하지 않았다. 그녀를 흘끔 쳐다본 잭이 받아온 시놉시스를 넘기며 계속 투덜거렸다.

"펄럭거리는 빨간 망토라니. 인간들은 뱀파이어를 너무 우습게 보는 것 같아."

"하긴, 소시지랑 팝콘을 이렇게 좋아하는 줄 알면 기절초풍할 거예요."

고노미가 책장을 넘기며 대꾸하자 잭이 인상을 찌푸렸다.

"지금 나 놀리는 거야?"

"놀리긴요. 있는 그대로 얘기하는 것뿐인데. 정말 영화 찍을 거예요?"

"혜린이 너무 완강해서 말이야."

"부탁을 들어주다니, 놀랐어요."

"고민하긴 했지만 들어줘야 할 것 같았어."

"뱀파이어도 고민을 하는군요."

잠시 고민하던 잭이 고개를 끄덕거렸다.

"몇 가지가 다를 뿐이지, 나도 엄연히 감정이 있는…."

"그 몇 가지가 특이해서 그렇죠. 궁금한 게 있는데, 죽지 않는다는 건 어떤 의미인가요?"

잠깐 생각에 잠겼던 잭이 대답했다.

"인생을 잃어버리는 거야."

"이해가 안 가요."

"다들 그렇게 묻더군. 영원히 늙지 않고 살아갈 수 있으면서 왜 인생이 사라진다고 하는지 이해할 수 없다고. 삶이 무한해지면 한 발자국 떨어져 사람들을 지켜볼 수밖에 없어. 다들 움직이는데 나만 그대로 서 있는 셈이지."

"그래서 가혹하다는 건가요?"

"사치스러운 고민이란 뜻인가? 주변 사람들은 늙어가는데 나만 그대로라면 어떤 기분이 들 것 같아, 진지하게 생각은 해 봤어?"

잭의 질문에 고노미는 고개를 저었다.

"잘 모르겠어요."

"한두 번이 아니고 수십, 수백 번이 거듭된다면? 장담하지만 불멸의 삶이라는 게 축복이 아니라 저주라는 걸 깨닫게 될 거야."

"뱀파이어로 사는 것도 쉬운 건 아니네요."

"나쁘지 않지만 권해주고 싶지도 않아."

"언젠가 죽는 인간한테는 배부른 소리처럼 들려요."

"지켜보는 입장에서 말하자면, 죽는 것도 특권이야."

고노미가 갑자기 픽 웃었다.

"왜 웃어?"

잭의 물음에 고노미가 대답했다.

"얼마 전까지만 해도 뱀파이어랑 이런 얘기를 하게 될 줄 몰랐어요."

"나도 영화출연 같은 걸 하게 될 줄 꿈에도 몰랐지. 그나저나 아직도 돈이 생기면 여길 나갈 생각이야?"

잭의 질문에 고노미는 고개를 저었다.

"그렇게 큰돈은 못 벌어요."

"우리 둘 다 우울한 인생을 살고 있군."

"모험을 하고 있는 것인지도요."

의미심장한 미소를 지은 잭이 고노미의 얘기를 곱씹었다.

"적당한 표현이군. 모험이라."

"어쨌든, 뱀파이어 잭 씨. '즐모'하세요."

"뭐라고?"

"즐거운 모험을 하라는 뜻이에요. 토마토주스 마실래요?"

자리에서 일어난 고노미가 콧노래를 흥얼거리며 부엌으로 향했다. 기분이 좋아진 잭은 시나리오를 펼쳤다.

"컷!"

목청껏 외친 감독이 트레이드마크인 보스턴 레드삭스 모자를 한 번 벗었다가 다시 썼다. 순간, 스태프들이 전원 긴장했다. 밴드 연습실로 꾸며진 세트장 안은 조명기구들 때문에 사우나만큼 후덥지근했다. 잭은 징이 박힌 검정색 가죽조끼를 입고 손가락마다 굵은 해골반지를 끼고 있었다. 그가 어깨에 메고 있던 일렉트릭기타를 스태프에게 건네줬다.

"좀 더 슬프게. 동물이 울부짖는 것처럼 지르란 말이야."

고노미는 적당히 멀리 떨어진 곳에 서 있었다. 감독이 잭을 질책하는 장면을 불안한 표정으로 지켜보고 있었다. 다행스럽게도 잭은 아무 대답없이 고개만 끄덕거렸다. 감독이 잠깐 쉬자고 신호를 보내자 스태프들이 어디론가 흩어졌다. 땀에 젖은 가죽조끼를 벗어던진 잭도 구석에 놓인 의자에 앉았다.

지난주부터 시작된 촬영은 긴장의 연속이었다. 몇 년 전에는 잘나갔지만 몇 편 말아먹고 오랜 공백기를 가진 감독은 스태프들과 배우들을 엄청나게 쪼아댔다. 덕분에 현장 분위기는 흡사 전쟁터 같았다. 애린 역을 맡은 신인 여배우는 감독의 '컷!' 소리만 들어도 몸을 와들와들 떨었다.

다음 장면 분장을 마친 잭은 뒤도 안 돌아보고 촬영장 구석에 마련된 밴에 올라타더니 문을 닫아버렸다. 스케줄이 꼬이면서 낮 촬영을 감행하게 되자 잭은 심사가 꼬였다. 감독은 감독대로 신인 주제에 건방지다며 잭을 타박했다. 하는 수 없이 제작자로 나선 전성호가 감독의 비위를 맞춰줘야 했다. 고노미는 또 잭을 달래야 했다.

밴에서 기다리고 있던 진혜린이 혀를 차며 말했다.

"분위기 그만 잡고 대충 촬영 좀 끝내지?"

"뱀파이어에 대한 편견과 아집으로 가득 찬 멍청한 인간 말을 들으라고?"

"그렇다고 내가 뱀파이어라서 잘 아는데 이따위로 촬영하지 말라고 할 순 없잖아."

진혜린이 비꼬는 투로 말하자 잭이 고개를 저었다.

"인간들은 이상해. 뱀파이어를 무서워한다고 해놓고서 정작 불멸의 삶을 얻을 수 있다고 하면 기꺼이 팔을 벌리잖아."

"오래 지내봐서 인간들이 어떤지 알잖아. 괜히 말썽 피우지 말고 시키는 대로 해."

잭은 진혜린의 말을 들은 척도 하지 않았다.

"펜던트가 안 보이네."

"잘 모셔놨어."

"중요한 거니까 절대로 잃어버리지 마. 다른 사람한테 주지도 말고."

"네 심기를 건드렸으니 이제 내 목숨이나 다름없잖아. 소중하게 보관하고 있으니까 걱정 마."

밴의 문을 연 여자 스태프가 무뚝뚝한 표정으로 5분 후에 촬영이 재개된다고 알렸다. 잭을 따라 밴 밖으로 나간 진혜린은 핸드폰이 울리자 걸음을 멈췄다.

"접니다. 잠깐 통화 가능하십니까?"

"물론이죠, 김 변호사님."

"대체 무슨 생각으로 잭이 영화에 출연하게 된 거죠?"

"잭이 애완동물도 아니고⋯ 누구 허락을 맡아야 하는 존재는 더욱 아니죠."

"그렇긴 합니다만, 잭의 정체가 알려지는 걸 막는 것이 제일입니다."

"그럼 일하세요. 보모처럼 아무것도 못하게 막지 말고요."

진혜린은 '탁' 소리가 나게 전화를 끊었다. 잭이 촬영하다 말고 감독과 말다툼을 벌이고 있는 광경을 보더니 혀를 차면서 밴 안으로 들어갔다. 전성호는 감독을 달래고, 진혜린은 잭과 싸우고, 고노미는 잭을 달래고⋯. 하루가 멀다 하고 이 패턴이 반복되었다.

"뱀파이어는 이런 일에 눈물 흘리지 않습니다."

잭의 말에 화가 머리끝까지 치밀어 오른 감독이 대본을 내팽개치며 소리쳤다.

"너! 아웃이야, 아웃! 제작자만 아니면 벌써 아웃이었어!"

전성호가 펄펄 뛰는 감독을 뜯어말리는 사이 고노미가 잭을 달랬다.

"멍청한 인간들 같으니라고. 뱀파이어에 대해서 뭘 안다고."

"쟤들은 빨간 망토에 송곳니만 있으면 전부 다 뱀파이어라고 믿어요."

눈을 마주친 고노미의 말에 잭이 피식 웃었다. 잭을 따라서 웃은 고노미가 말했다.

"날 봐요. 당신이 뱀파이어라는 사실을 알고 내가 어땠는지 기억나요?"

"기절했지."

"맞아요. 인간들은 다 똑같아요. 조금만 성질을 죽여요. 사람 간 떨리게 하는 말로 흐름을 깨지 말고."

"제법이군. 날 설득하려고 들다니."

"치즈 맛 소시지 왕창 사다놨어요. 그러니까 빨리 끝내고 집에 가요. 아무것도 모르는 인간들은 우아하게 무시해버려요, 잭."

고노미의 말에 잭이 표정을 바꿨다.

"좋아. 우아하게 무시해주지."

고노미는 여전히 펄펄 뛰는 감독을 다독거리는 전성호를 바라봤다. 촬영장에서는 가급적 마주치지 않으려고 먼발치에서 보는 게 전부였지만 감독한테 당하는 모습을 보니 안쓰러운 마음도 들었다.

지하 연습실 촬영은 잭이 협조를 잘해준 덕에 일사천리로 진행되었다. 마침내 촬영이 끝났다. 전성호는 잽싸게 스태프들에게 야식 먹을 밥집으로 가라고 외쳤다. 그러고는 고노미를 향해 손을 흔들었다. 무의식중에 고개를 까닥거리는 그녀를 잭이 말없이 지켜보고 있었다. 언제 나왔는지 진혜린이 전성호의 팔짱을 끼고 스태프들 뒤를 따라가고 있었다.

고노미가 차에 올라타자 잭은 뒷좌석 대신 조수석에 탔다. 놀란 고노미가 쳐다봤지만 잭은 시트를 뒤로 당기고서 그대로 눈을 감았다. 고노미는 천천히 차를 몰았다. 늦은 시각이라 그런지 길에는 오가는 차량이 드물었다. 얼마나 달렸을까? 잭이 갑자기 눈을 떴다.

"세워!"

"뭐라고요?"

"차 세우라고."

고노미는 잭의 말대로 갓길에 차를 세웠다. 조수석 문을 열고 내린 잭이 고노미한테 말했다.

"나랑 달리기 시합할래?"

"갑자기요?"

고노미가 반문할 틈도 없이 잭이 가볍게 달려 나갔다. 고노미는 차를 몰고 뒤쫓았다. 언뜻 보기에 잭은 조깅이라도 하는 것처럼 가볍게 뛰고 있었지만 차의 속도계는 이미 60킬로미터를 넘어가는 중이었다. 고노미가 창문을 내리고 소리쳤다.

"뭐 하는 짓이에요? 사람들이 보면 어쩌려고요?"

"차도 없잖아. 좀 더 속도를 내 봐."

손을 흔든 잭이 속도를 높이자 순식간에 거리가 멀어졌다. 고노미가 간신히 따라잡자 이번에는 잭도 서서히 속도를 늦췄다.

"옛날에 종종 말이랑 달리기 시합을 하던 때가 생각나서 말이야."

"이겼어요, 졌어요?"

"이겼어. 사실 내 능력의 한계가 어디까지인지 나도 잘 모르거든."

씩 웃은 잭이 다시 속도를 높였다. 다시 시속 80킬로미터가 넘었다. 규정 속도 이상을 내본 적이 없던 고노미였지만 기어이 잭을 따라잡았다.

"옛날 얘기를 듣고 싶어요."

"재미없을걸. 오래 사는 것도 따분한 일이야. 예전에 바이

킹을 따라 잉글랜드에 갔다가 아더왕의 기사들과 함께 성배를 찾아 여행을 떠난 적이 있어. 배를 타고 대륙으로 와서 예수가 있던 예루살렘이라는 곳으로 찾아갔지."

"정말요? 나 어릴 때 그 만화영화 정말 좋아했는데. 성배는 찾았어요?"

"아니. 천신만고 끝에 예루살렘에 도착했는데 성배가 너무 많았어. 허탈해하다가 내친 김에 동쪽으로 더 가기로 했지."

잭은 시속 100킬로미터에 가까운 속도로 달리면서도 땀 한 방울 흘리지 않았다.

"뜨거운 사막을 걸으면서 끊임없이 생각했어. 왜 내가 영원한 삶을 살아야 하는지, 그게 어떤 의미인지 말이야."

"답을 찾았어요?"

"아니."

잭이 갑자기 속도를 늦췄다. 어느새 집까지 온 것이다. 고노미가 주차장에 차를 세우는 사이 잭이 신발을 벗어던지며 말했다.

"요즘 신발은 모양새만 예뻐. 튼튼하지가 않아. 그거 뛰었다고 벌써 바닥이 닳아버렸네."

잭은 바닥이 다 타버린 신발을 정원에 내동댕이치고서 고노미와 함께 맨발로 집에 들어갔다. 김 변호사가 와 있었다.

회색 양복을 입은 김 변호사는 고노미가 만난 이후 최고로 어두운 표정을 짓고 있었다. 소파에 앉아 있던 김 변호사가 두 사람에게 말했다.

"진혜린 씨는 아예 통화가 안 되더군요. 할 얘기가 있으니 잠깐 앉으시겠습니까?"

눈치를 보던 고노미가 맞은편 소파에 앉자 잭도 그 옆에 앉았다.

"우선 고노미 씨. 유산을 상속받게 된 조건을 벌써 잊으신 겁니까? 잭이 영화에 출연하는 걸 말리셨어야죠."

"할망구가 설친 일이야. 고노미는 잘못한 거 없어."

잠자코 있던 잭이 고노미의 편을 들었다.

"그렇다고 해도 공동 책임을 면할 수는 없네. 일단 내가 제작자를 만나서 영화 제작을 취소할 테니 당분간 잠을 자든지, 외국에 나가 있는 건 어때?"

"미안하지만 그렇게는 안 돼요!"

언제 들어왔는지 현관문 앞에 선 진혜린이 소리쳤다.

"안 그래도 얘기를 좀 나누고 싶었습니다. 대체 무슨 생각으로 잭을 영화에 출연시킨 겁니까?"

"그럼 계속 숨어서 살란 말인가요?"

"잭은 뱀파이어입니다. 강하긴 하지만 정체가 세상에 공개되면 당장 실험실에 갇혀서 해부당하고 말 겁니다. 설마 그런 걸 원하시는 건가요?"

"그런 사태를 막으라고 당신을 고용했잖아요."

"협조를 해주셔야죠. 영화 출연이라니, 제정신입니까?"

"인터뷰는 모조리 거절하고 있어요. 스태프와의 접촉도 최대한 자제하고 있고요. 그러니까 잔소리는 그만하고 일 좀 하시죠. 너무 오래되다 보니 고용되어 있다는 것도 잊어버리고 주인 행세를 하는 것 같군요. 기분이 별로 좋지 않네요."

"내가 왜 당신한테…."

면박을 당한 김 변호사가 뭐라고 반박하려고 했지만 진혜린은 그대로 2층으로 올라가버렸다. 얼굴이 붉어진 김 변호사가 밖으로 나가버렸다.

잭이 협조를 하면서 영화 촬영에 속도가 붙었다. 촬영이 길어지자 다들 지쳐서 힘들어했지만, 잭은 항상 말없이 비슷한 상태를 유지했다. 현장 스태프들은 잭의 정체에 대해 이런 저런 말을 나눴다. 잭의 과묵함은 사람들 앞에서는 절대로 방정떨지 말라는 진혜린과 고노미의 잔소리가 만들어낸 합작품이었다. 진혜린과 잭은 가끔 스태프들 앞에서 아슬아슬한 대화를 나누기도 했다.

"잭은 와이어 없이도 날아다닐 수 있잖아."

"높은 데서 뛰어내릴 수는 있어도 날지는 못해."

"박쥐로도 못 변해?"

"나, 순혈 뱀파이어라니까. 대체 어떤 인간이 뱀파이어가 박쥐로 변한다고 떠들고 다녔는지 모르겠어. 황당하게 말이야."

둘의 대화는 항상 고노미에 의해 중단되었다.

"둘 다 그만. 미쳤어요? 스태프들이 돌아다니는데 그런 얘길 하게."

"어차피 영화 얘기하는 줄 알 텐데, 뭘."

코웃음을 친 진혜린이 멀리서 전성호가 손짓하는 걸 보고는 자리에서 일어났다. 두 사람이 팔짱을 끼고 다정하게 구는 모습을 본 잭이 고노미에게 물었다.

"요즘 저 두 사람 자주 붙어 다니던데, 기분이 어때?"

"이미 지난 일인데요. 어쩌고 자시고 할 것도 없어요."

"인간들은 보면 볼수록 정말 복잡하고 재미있는 존재들이야."

잭은 뭔가 말을 더 하려다 말고 촬영을 재개한다는 신호에 자리에서 일어섰다. 잭이 촬영하러 간 사이 스태프들에게 음료수를 돌리던 전성호가 고노미에게 다가왔다.

"어떤 거 마실래?"

잠시 고민하던 고노미가 대답했다.

"토마토주스."

종이컵에 토마토주스를 가득 따라준 뒤 전성호가 그녀의 옆자리에 앉았다. 어색한 침묵이 이어졌다. 전성호가 먼저 입을 열었다.

"잭이랑 어떻게 만난 거야?"

"어쩌다 보니 그렇게 됐어요."

"내가 아는 고노미가 좋아하는 그런 스타일이 아니라서 말이야."

"예전에 알았던 고노미겠죠. 사귀는 거 아니에요. 그리고 사귄다고 해도 신경 쓸 문제 아니잖아요?"

고노미가 쏘아붙이자 전성호가 멋쩍게 웃었다.

"하긴, 내가 무슨 말을 할 자격은 없지. 그냥 걱정이 좀."

"성격이 까칠해서 그렇지 나쁜 뱀… 사람은 아니에요."

하마터면 '나쁜 뱀파이어는 아니'라고 할 뻔했다. 고노미가
쓴 웃음을 지었다. 뭔가 말을 하려던 전성호는 고노미의 무표
정한 얼굴에 질렸는지 촬영장 분위기가 좋다는 등 엉뚱한 소
리만 늘어놓았다. 토마토주스를 다 마신 고노미가 말했다.

"그만 일어날게요."

멀어져가는 고노미의 뒷모습을 바라보던 전성호가 중얼거
렸다.

"분명 뭔가가 있어."

"뭐가 그렇게 궁금한데?"

진혜린의 목소리에 놀란 전성호가 머쓱한 표정을 지었다.

"언제부터 거기 있었습니까?"

"잭의 정체가 궁금해?"

고노미가 일어난 자리에 앉은 진혜린이 물었다.

"당연하죠. 잭이라는 이름 빼고는 알려진 게 아무것도 없
잖아요."

"신비주의가 오히려 흥행에 도움이 될 거라고 했잖아."

"그렇긴 하지만 너무 숨기는 건 좋지 않아요. 여름 한철 노리는 공포 영화인데 홍보가 제대로 안 되면 완전 망한단 말입니다."

영화를 제때 개봉하려고 여기저기서 돈을 빌린 터라 망하기라도 하는 날엔 모든 게 끝장이었다.

"목소리가 별로 안 좋아. 하긴 영화에 쏟은 돈이 많겠지."

"이 영화가 대박 나도 저한테 돌아오는 건 별로 없습니다. 수익을 내려면 잭과 전속계약을 해야 합니다. 영화가 뜨면 광고가 들어올 테고, 전 그걸 노리는 겁니다. 그런데 문제는 잭도 그렇고, 고노미가 자꾸 거슬린다는 거죠."

"산 넘어 산이네. 내가 좀 도와줄까?"

진혜린의 말에 전성호의 눈이 반짝거렸다.

"도와주신다면야 고맙죠."

"대신 나도 조건이 있어."

"뭡니까?"

"그건 차차 얘기하도록 하지."

진혜린이 슬쩍 눈꼬리를 치켜세우며 자리에서 일어났다.

잭의 협조와 전성호의 감독 달래기는 나름대로 효과를 보았다. 결국 영화 촬영만큼은 성공한 셈이다. 우렁찬 박수소리와 함께 서로 으르렁거리던 잭과 감독이 포옹했다. 그런 대로 가슴 뭉클한 장면이었다. 고노미도 눈물이 핑 돌았다. 하지만 진혜린과 전성호가 의미심장한 눈빛을 교환하는 것을 보고 마음 한구석에 불안감이 피어오르기 시작했다.

며칠 후 고노미의 불안감은 현실로 변했다. 진혜린이 잭에게 연예인으로 활동하라고 권한 것이다.

"잘 생각해 봐. 숨어사는 것도 이제 지겹지 않아? 사람들의 갈채를 받으면서 떳떳하고 재미있게 사는 거야. 어때?"

예전처럼 TV를 보며 소시지와 토마토주스를 마시고 있던 잭에게 진혜린이 적극적인 설득을 시작했다. 그대로 두면 안 되겠다 싶었는지 고노미가 끼어들었다.

"잭이 사람들 앞에 나서서 좋을 일 없잖아. 당장 돈이 필요한 것도 아니고."

"이건 잭이 판단할 일이야."

"굳이 연예인을 할 필요는 없잖아."

"너까지 김 변호사처럼 꽉 막힌 소리를 하다니. 잭을 세상에 내보낸 건 너야."

진혜린이 팔짱을 낀 채 쏘아붙이자 고노미도 지지 않고 대꾸했다.

"이렇게까지 일이 커질 줄 몰랐지. 사람들은 지금 잭의 겉모습을 보고 좋아하는 거라고. 뱀파이어라는 사실을 알면 달라질걸."

"왜 네가 이래라 저래라 하는데? 잭이 결정해!"

두 사람이 다투는 걸 지켜보던 잭이 하품을 하면서 대답했다.

"귀찮은 건 딱 질색이야. 그만들 싸워. 난 할 생각 없으니까."

"잭, 잘 생각해. 요 근래 가장 흥미로웠던 일 아니었어? 매일 TV 보면서 소시지만 먹는 거 지겹지 않아?"

"그만해. 그러다 정체가 발각되면 어떤 일이 벌어질지 정말 몰라서 물어? 이건 잭의 미래가 달린 일이라고."

"잭의 미래는 스스로 결정할 거야. 네가 뭔데 참견이야?"

진혜린의 독설에 고노미도 목소리를 높였다.

"내가 잭을 돌봐야 하니까 그렇지."

"그게 다야?"

팝콘을 먹고 있던 잭이 불쑥 끼어들었다.

"물론이죠."

"그럼 싸우지 마. 넌 못 이겨."

잭의 말에 기분이 상한 고노미가 물었다.

"우리 두 사람이 싸우면 잭은 누구 편을 들 거예요?"

"내가 왜 편을 들어야 하는데?"

"잭 때문에 싸우는 거니까요."

"알았어."

"뭘요?"

"계약 안 할게."

"정말이죠."

"응. 고노미가 하지 말라고 하니까."

어깨를 으쓱거린 잭이 판정을 내리자 진혜린이 잽싸게 펜던트를 꺼냈다.

"잭!"

"왜?"

"펜던트의 주인으로서 부탁하는 거야."

"거절하겠어."

"정말?"

회심의 미소를 지은 진혜린이 펜던트를 흔들어대자 잭의 표정이 일그러졌다.

"신비주의 느낌으로 가면 돼. 매니지먼트는 나한테 맡겨."

"조금만 생각해보고."

불편한 표정으로 자리에서 일어난 잭이 지하실로 내려갔

다. 펜던트를 쥔 진혜린은 잭이 남기고 간 쓰레기를 치우는 고노미를 복잡한 표정으로 쳐다봤다.

다음 날 법원에서 돌아온 김 변호사는 사무실 문을 열고 깜짝 놀랐다. 진혜린이 본인 의자에 떡 하니 앉아 창밖을 내다보고 있었기 때문이다.

"연락도 없이 어쩐 일입니까?"

"바쁘신 모양이네요?"

"뭐, 이것저것 할 일이 좀 있어서요. 무슨 일로?"

"이제 고노미를 처리할 때가 된 것 같아요."

"좀 이른 것 아닙니까?"

들고 온 서류를 책상에 내려놓은 김 변호사가 창가에 서서 밖을 내다보며 말했다. 진혜린도 그 옆에서 창밖을 바라봤다.

"균열이 느껴져요."

"고노미 씨 때문에 말입니까? 처음에는 눈치가 없어서 오래 데리고 있어도 상관없다고 하지 않았습니까?"

"그건 맞아요. 그런데 예감이 좋지 않아요."

"그래도 지금은 시기가 적당하지 않습니다."

"결정은 내가 해요. 남자들은 이해 못 하겠지만 여자의 직감은 틀린 적이 별로 없어서 말이죠."

"그렇다면 할 수 없죠. 어떻게 처리하실 겁니까?"

"계획이 있긴 한데 김 변호사 도움이 좀 필요해요."

"알겠습니다. 언제 실행에 옮기실 겁니까?"

"조만간, 때가 되면 알려드리죠. 그나저나 사무실 정말 넓네요. 우리가 처음 만났을 때는 이런 건 꿈도 못 꿨는데."

"그때 일은 잊을 때도 되지 않았습니까?"

씁쓸하게 웃은 김 변호사가 창가에서 멀어졌다.

"참, 부탁할 게 한 가지 더 있어요."

김 변호사를 부른 진혜린이 귓속말을 했다. 미심쩍은 표정을 지은 김 변호사가 물었다.

"그걸 왜 알아보시려고 합니까?"

"사람은 항상 두 번째 계획을 세워야 하니까요. 일단 그것만 손에 쥐고 있으면 잭을 조종할 수 있지 않겠어요?"

"그럴 것 같진 않지만, 한번 알아보겠습니다."

♦

1987년 서울.

팔뚝에 문신이 있는 덩치 한 명이 지하실에서 나온 잭의 앞을 가로막았다. 덩치가 각목을 한 번 휘둘렀지만 잭은 단

숨에 목을 부러트렸다. 계단을 올라가니 영자가 검은 양복을 입은 사람들에게 둘러싸여 있는 것이 보였다. 온몸이 피범벅이 된 채 의자에 밧줄로 묶여 있는 영자를 보고 잭이 투덜거렸다.

"낯선 사람은 들이지 말라고 했잖아. 얼굴이 그게 뭐야? 그리고 언제 곱슬머리가 된 거야?"

"오랜만에 만나서 하는 말이 겨우 그거야? 항상 시대에 뒤쳐진단 말이지. 어서 밧줄이나 풀어줘."

"알았어."

잠에서 완전히 깨어나지 않은 잭이 하품을 하면서 다가갔다. 검은 양복을 입은 남자 한 명이 앞을 가로막았다.

"누군지 모르겠지만 비즈니스 중이니까…."

남자는 잭이 목을 꺾어버리는 바람에 말을 끝맺지 못했다. 동료의 목이 부러지는 걸 본 검은 양복 두 명이 칼을 꺼내들고 달려들었지만 잭 앞에서 걸음을 멈추고 말았다. 그들은 잭에게 달려들지 않고 뭔가에 홀린 표정으로 서로의 가슴에 칼을 쑤셔 넣었다. 두 사람이 피를 흘리며 쓰러지고 나니 대머리한 명만 남게 되었다. 대머리는 칼을 꺼내들기는 했지만 겁먹은 표정이 역력했다. 이내 주춤거리면서 벽 쪽으로 물러났다.

"야! 너, 너 정체가 뭐야…!"

"나?"

히죽 웃은 잭이 눈 깜빡할 사이에 대머리의 뒤에 섰다.

"뱀파이어."

"뭐? 흡혈귀?"

눈이 휘둥그레진 대머리가 뒤로 돌면서 칼을 휘둘렀지만 잭의 손에 잡히고 말았다. 대머리의 눈을 뚫어지게 쳐다보던 잭이 손을 놓자 대머리는 칼을 도로 집어넣고 쓰러진 동료들을 밖으로 끌고 나갔다. 영자는 흐리멍텅한 눈으로 밖으로 사라진 대머리를 보면서 물었다.

"어떻게 한 거야?"

"죽은 동료들을 차에 태우고 절벽에서 떨어지라고 했어."

"어쨌든 적절한 시기에 나타나줘서 고마워. 정말 환영해!"

"원래 잠들 때는 이런 곳이 아니었는데 말이야. 그나저나 여기서 쟤들이랑 뭐하고 있었던 거야?"

"조폭들이야. 이 건물 증축하느라고 돈을 좀 빌렸는데 아예 건물을 빼앗아가려고 협박하지 뭐야."

"옆에 있는 친구는? 이 친구도 조폭인가?"

잭은 영자와 같이 묶여 있던 청바지에 짧은 머리를 한 청년을 턱으로 가리키며 물었다. 얼굴은 온통 피투성이에 눈도 퉁퉁 부어 있었다. 밧줄을 내동댕이친 영자가 고개를 저었다.

"글쎄, 당신 누구야?"

청바지는 벌벌 떨면서도 또박또박 말했다.

"저는 서울대 법학과 83학번 김세창입니다."

"근데 여긴 왜 끌려온 거야?"

"사, 사실은 취미로 도박을 좀 하다가 빚을 져서…."

"학생이면 공부를 해야지 도박을 해?"

기가 막힌 영자가 고개를 저었다.

"이 녀석도 같이 처리해줄까?"

지켜보던 잭이 묻자 영자가 고개를 저었다.

"그럴 필요는 없잖아. 그나저나 오늘 좀 과격하던데 성질 좀 죽이라고 했잖아."

"피 냄새 때문에 깨서 그래."

"근데 저 외국인이 정말 뱀파이어가 맞습니까?"

김세창이 겁먹은 표정으로 영자에게 묻자 잭이 장난스럽게 송곳니를 드러냈다.

"보고도 못 믿겠어?"

"아닙니다. 믿겠습니다."

기겁을 한 김세창이 손사래를 쳤다.

"그나저나 이 친구는 어떻게 하지?"

"그러게."

둘의 대화를 듣고 있던 김세창의 얼굴이 사색이 되었다.

"살려만 주면 시키는 일은 무엇이든 하겠습니다. 살려만 주십시오."

잭이 아무런 말이 없자 영자가 대신 말했다.

"지금 상황 보면 알겠지만 학생을 곱게 보내줄 수가 없어. 하지만 뭘 할 수 있는지 말해봐. 그 말 듣고 생각 좀 해볼게."

"저는 IQ158로 서울대 법학과를 수석으로 들어갔습니다. 앞으로 법조인으로서 대한민국에 영향력을 끼칠 인재가 될 것입니다. 두 분에게 큰 힘이 되겠습니다."

"어때? 법조인이면 쓸모가 있을 것 같긴 한데."

"도움이 되긴 하겠지. 하지만 마음에 안 들어."

잭이 부정적인 반응을 보이자 김세창이 다급한 목소리로 말했다.

"말씀만 해주시면 마음에 안 드는 건 무엇이든 고치겠습니다."

"'두 분'을 위해서 재능을 쓴다는 말이 마음에 안 들어. 널 구해준 건 난데 말이야."

"그럼, 잭 님만을 위해서 재능을 쓰겠습니다."

"좋아. 좋아."

기분이 좋아진 잭이 흡족한 표정으로 밧줄을 풀어줬다. 그 옆에서 영자가 볼멘소리를 했다.

"기껏 살려주게 다리를 놔준 건 난데. 뭐야!"

영화 시사회는 미지근하게 끝났다. 혹평도 악평도 없었지만 건진 것도 있었다. "뱀파이어는 강렬했다." "옷을 입은 것처럼 뱀파이어 배역을 입은 배우"라는 기사 제목처럼 잭은 모두에게 깊은 인상을 남겼다. 모든 인터뷰를 거절한 신비주의 작전 덕에 잭의 몸값은 천정부지로 뛰어올랐고, 옆에서 지켜보던 전성호는 다급해졌다. 이미 몇 편의 광고 계약을 맺었고 영화와 드라마 시나리오도 들어온 상태였다. 하루라도 빨리 잭과 전속계약을 해야만 한다. 진혜린은 도와주겠다고 해놓고서 여전히 기다리라는 말만 반복하고 있었다.

"잭은 여전해?"

개봉된 영화가 순항하면서 빚쟁이들의 독촉도 느슨해졌다. 전성호는 오랜만에 평화로워진 사무실 소파에 털썩 주저앉았다.

"고노미가 왜 문제야?"

"잭이 은근히 고노미를 의지하고 있어."

"걔가 무슨 힘이 있다고 의지해?"

"나도 그게 의아하지만 이대로 두면 안 될 거 같아. 성호 씨가 할 일이 있어."

"내가?"

"이번 일 해주면 잭이 계약하는 거 적극적으로 도와줄게."

"알았어. 뭘 해주면 되는데?"

"간단해."

마트에서 산 소시지와 토마토주스를 카트에 가득 싣고 계산을 하러 가던 고노미는 자전거 판매대 앞에서 걸음을 멈췄다. 예쁘장한 자전거들이 나란히 진열되어 있는 것을 보자 어린 시절이 떠올랐다. 회사에서 돌아온 아버지는 잔디가 깔린 마당에서 고노미가 자전거를 탈 수 있게 잡아주었다. 어렸을 때에는 하나밖에 없는 자식에게 관심이 없다고 생각했는데 나이가 들고 보니 다른 관점에서 생각하게 되었다. 아마 두 분이 살아 있었다면 잭을 돌보는 일 따위는 처음부터 막으셨을 것이다. 회상에 빠져 있던 고노미가 점원에게 파란색 자전거를 가리켰다.

고노미는 차에 장 본 물건들을 싣고 시동을 걸었다. 십여 분이나 달렸을까. 갑자기 자동차 속도가 느려지기 시작했다. 고노미는 아차 싶었다. 시장 보고 나서 바로 주유한다는 걸 깜빡한 것이다. 차는 몇 번쯤 덜덜거리다가 기어이 길가에 서 버리고 말았다. 보험회사에 전화를 했지만 담당자가 너무 멀리 있어서 시간이 좀 걸린다고 했다.

"어쩌지…."

고민하던 고노미는 잭에게 전화를 걸었다.

"어디야?"

"집에 가는 길인데 차에 기름이 떨어졌어요."

"그럼 못 오는 거야? 왜 사람들은 그렇게 복잡하게 탈 것을 만들었는지 몰라. 말을 계속 탔으면 기름 떨어졌다고 고생하지 않아도 되잖아."

"어쨌든 늦게 들어갈 것 같아요."

"어디쯤인데?"

"자유로에서 당동리로 들어가는 마을 중간쯤인데 표지판이 없어서 잘 모르겠어요. 긴급출동이 오긴 온다고 했으니까 좀 기다릴게요."

통화를 끝낸 고노미는 숲속에서 들려오는 부엉이 소리에
깜짝 놀랐다. 어디선가 까마귀 우는 소리도 들리고 개들이
짖어대는 소리도 들렸다. 갑자기 겁이 났다. 고노미가 전성호
한테라도 전화해볼까 고민하던 순간 누군가 유리창을 두드
렸다.

"으악!"

잭이 서 있었다. 고노미는 놀란 가슴을 쓸어내렸다.

"여긴 어떻게 왔어요?"

"날아왔어."

"정말요?"

"아니, 뛰어왔어."

"집에서부터 여기까지 뛰어왔다고요?!"

"산책 나온 거야. 요즘 배가 나와서 말이야."

잭이 배를 두드리며 장난스럽게 웃었다.

"산책치고는 참 멀리도 왔네요. 아무튼 고마워요. 어두워
서 무서웠거든요."

"집으로 가야지. 같이 걸어갈까?"

"너무 멀어서 못 걸어가요."

"아무튼 인간들은 너무 약하다니까."

"자전거는 탈 수 있어요."

"자전거?"

고노미가 트렁크에서 접이식 자전거를 꺼냈다.

"아까 마트에서 산 거예요. 이런 거 타본 적 있어요?"

"여기 앉아서 페달을 밟으면 앞으로 가는 거잖아."

"맞아요. 내가 시범을 보여줄 테니까…."

고노미가 말하는 사이 잭이 자전거를 낚아채 펴더니 앞자리에 앉았다.

"꽉 잡아."

고노미가 앉자 잭은 곧장 자전거를 출발시켰다. 처음에는 조금 비틀거렸지만 곧 능숙해졌다. 고노미는 잭의 허리를 꽉 붙잡고 소리쳤다.

"좀 천천히 달려요. 무슨 자전거가 자동차보다 빨라!"

"알았어."

고노미의 타박에 속도가 조금 줄었지만 여전히 빨랐다.

"힘들지 않아요?"

"별로…."

"고마워요."

"처음 듣는 것 같은데, 고맙다는 소리 말이야."

"그러게요. 살다 살다 뱀파이어한테 고맙다는 말을 하게 될 줄 누가 알았겠어요."

걸으면 한 시간이 넘게 걸렸겠지만 잭의 미친 듯한 질주로 그들은 단 15분 만에 집에 도착했다. 고노미는 잭에게 다시 한 번 고맙다고 인사했다. 잭도 미소로 응답했다. 여태 보던 것 중 가장 밝고 따스한 미소였다.

방으로 돌아온 고노미는 옷장에 넣어뒀던 토끼잠옷을 꺼냈다. 촬영이 끝나고 나서는 입지 않았지만 오늘은 왠지 입어보고 싶었다. 잠옷으로 갈아입은 뒤 불을 끄고 침대에 누웠다. 그러고는 곧 잠이 들었다. 잭이 오랫동안 다락방 안을 지켜보다가 돌아간 것을 꿈에도 알지 못한 채.

다음 날, 고노미는 길가에 세워둔 차를 찾아 집으로 돌아왔다. 그때 전성호에게서 전화가 왔다. 잠깐 만나자는 이야기였다. 고노미가 시큰둥하게 반문했다.

"무슨 얘긴데요?"

"잭을 영화배우로 정식으로 데뷔시키려고 하는데, 도움을 좀 받고 싶어."

"저는 반대예요."

"일단 만나서 얘기나 좀 들어봐줘. 내가 돌려줘야 할 돈도 정산해야 하잖아."

"알았어요. 어디서 볼까요?"

"삼청동에 조용한 카페가 하나 있어."

카페는 주택들 사이, 사람들이 별로 없는 한적한 곳에 있었다. 테이블도 하나밖에 없었다. 카페 주인은 차와 케이크를 내오더니 어디론가 사라져버렸다. 피아노 소리만 잔잔히 흐르고 있었다. 마치 전성호와 단 둘이 세상에 남겨진 듯한 느낌이었다. 전성호는 고노미 앞에 놓인 라벤더 티팟을 들어 작은 유리잔에 정성스럽게 따라주었다.

"미안하지만 잭 문제라면 도와줄 수 없어요."

"일단 차부터 마셔. 다른 건 천천히 얘기하자."

오래된 사람은 추억으로 간직해야 한다는 잭의 말에 공감이 갔다. 한때는 옆에 있는 것만으로도 황홀했지만, 지금은 바늘방석이 따로 없다.

"너는 잭을 어떻게 만난 거야? 혜린 씨 말로는 유산을 받는 조건으로 잭을 돌봐주는 거라고 하던데?"

"복잡한 사정이 있어요."

"그 두 사람… 안 지 오래된 사이 같지? 진혜린이랑 잭 말이야."

"그런 것 같아요."

"그 둘에 대해서 어떻게 생각해?"

"딱히 생각해본 적 없어요."

"그래도 같이 한 집에 사는데 아무 생각이 없다고?"

"선배는 왜 그게 궁금해요?"

"네가 걱정되니까."

"만났던 사람 중에서는 선배가 가장 위험했는데…."

고노미의 가시 돋친 말에 대화가 툭 끊겼다. 전성호의 표정이 굳어진 걸 본 고노미가 쐐기를 박았다.

"저는 지금이 좋아요. 잭이 영화배우로 활동하는 건 반대고요. 그러니까 저를 설득할 생각은 하지 말아요."

"신문을 봐서 알겠지만 잭에 대한 사람들의 관심이 대단해. 조금만 밀어주면 바로 뜰 수 있다고. 그러면 너한테 진 빚도 갚을 수 있고, 풍족했던 예전으로 다시 돌아갈 수 있어."

"자꾸 이러면 잭한테 선배 과거사 다 털어놓을 거예요."

"과거에서 벗어나. 옛날의 잘못을 가지고 지금을 판단할 수는 없어. 잭이 뜨면 우리 모두에게 창창한 미래가 열릴 거라고."

"선배는 잭을 몰라요. 누구 말을 얌전히 들을 사람이 아니라고요."

"그 녀석, 사랑하니?"

한숨을 쉰 전성호의 말에 고노미의 심장이 쿵 소리를 내며 내려앉았다. 화가 난 고노미가 앞에 놓인 물을 전성호의 얼굴에 뿌렸다. 전성호는 예상이나 한 것처럼 태연하게 손수건을 꺼내 얼굴을 닦았다.

"여전히 고집불통이구나."

"잭도 그렇고, 나도 그렇고…. 조용히 살고 싶어요."

"잭이 왜 그래야 하지? 더 많은 기회가 있는데."

"그래야 그가 안전해지니까요."

"혜린 씨도 잭이 영화배우로 활동하는 걸 찬성했어. 고집 그만 부리고."

"더 이상 얘기할 필요가 없을 것 같네요. 먼저 일어나겠습니다."

고노미가 카페 밖으로 나오자 전성호가 뒤따라 나왔다.

"생각을 바꿔주길 바랐어."

"선배가 생각을 바꿨으면 좋겠어요. 성공이라는 게 꼭 남을 통해서만 할 수 있는 건가요?"

"네가 세상을 뭘 안다고 그래? 애초부터 가난뱅이였던 너는 잘 모를 거야. 난 은수저를 물고 태어났어. 본래는 너 같은 애랑 이런 실랑이를 할 필요도 없었다고. 마지막으로 부탁한다. 잭을 설득해줘."

"거절할게요."

"필요하다면 시간을 줄게."

"시간을 줘도 변하는 건 없어요."

"할 수 없지. 그럼 잠깐 조용한데 가서 머리 좀 식히고 오는 건 어때?"

"네?"

고노미는 전성호의 눈빛이 갑자기 달라지는 것을 보고 불길한 느낌을 받았다. 그때 갑자기 골목길 안쪽에서 흰 옷을 입은 남자들이 우르르 몰려오더니 고노미를 붙잡았다. 전성호는 카페 계단에 걸터앉아 이죽거리고 있었다.

"다치지 않게 조심해주세요."

"걱정하지 마세요."

"이게 무슨 짓이에요. 놓지 않으면 경찰을 부를 거예요."

"고노미 씨, 두려워하지 마세요."

발버둥치는 고노미에게 흰 가운을 입고 손에 차트를 든 여자가 말했다.

"저는 김정은 보호사입니다. 고노미 씨는 공상공포증(공상적인 것들을 무서워하는 증상)과 공화증(없던 일을 마치 있던 것처럼 확신을 가지고 말하거나 왜곡하는 증상)이 심해서 입원 치료가 필요한 상황입니다."

"헛소리 그만하고 어서 놓지 못해?!"

고노미가 손목을 비틀어 빼내려고 했지만 소용없었다. 한참 실랑이를 벌이던 고노미의 눈에 김 변호사가 보였다. 그녀는 반색했지만 김 변호사는 판사처럼 차가운 목소리로 말했다.

"고노미 씨의 고문 변호사이자 법정 대리인으로서 이번 일을 대단히 안타깝게 생각합니다. 고노미 씨는 한 집에 살고 있는 잭이 뱀파이어라는 근거 없는 두려움을 가지고 주변 사람들을 괴롭혔습니다."

"그게 무슨 소리예요?"

고노미가 소리쳤지만 김 변호사는 엉뚱한 소리만 계속 늘어놓았다.

"저한테 손찌검을 한 것도 당연히 기억나지 않으시겠죠. 할머니께서는 생전에 고노미 씨에 대해서 걱정을 많이 하셨습니다. 저한테 지켜봐달라고 신신당부하셨는데 아무래도 의학적인 치료가 도움이 될 것 같다는 판단을 내렸습니다."

"잭이 뱀파이어라는 건 김 변호사님도 알고 계셨잖아요."

"그동안 고노미 씨에게 맞춰주느라 연기했던 겁니다."

김 변호사의 말이 끝나기 무섭게 남자들은 골목길 입구에 세워진 구급차에 고노미를 실었다. 전성호가 손을 흔들며 말했다.

"꼭 좋아져서 돌아와. 이번에는 꼭 완치할 수 있을 거야."

고노미는 차에 타면서도 뭐가 뭔지 정신을 차릴 수가 없었다. 차가 출발하는데 전성호와 김 변호사 그리고 진혜린이 함께 서 있는 게 보였다. 어렴풋이 상황이 이해되기 시작했다. 잭과 고노미를 떨어뜨리기 위해 함정을 판 것이다. 다급해진 고노미는 잭에게 전화를 걸려고 했지만 전화기는 이미 먹통이 된 상태였다.

"변호사님께서 해지했습니다. 걱정하지 마세요. 일주일에 한 번씩은 변호사님과 통화할 수 있게 해드리겠습니다."

울상이 된 그녀에게 김정은 보호사가 말했다.

"다른 사람한테는요?"

"김 변호사님이 그것만은 막아달라고 신신당부하셨습니다."

고노미는 차 문을 열고 뛰어내릴까 생각해봤지만 건장한 남자가 막고 있는 것을 보고 포기했다. 덜컥 겁이 나기 시작했다. 서울을 벗어난 차는 어느새 고속도로를 질주하고 있었다. 그들은 고노미를 거칠게 다루거나 윽박지르지는 않았다. 고노미가 두려움에 가득 찬 낙담한 목소리로 물었다.

"지금 어디로 가는 건가요?"

"강원도에 있는 요양원으로 가요."

"요양원이요?"

"네. 우리 요양원은 다른 곳과 달리 개인이 마음의 평화를 얻을 수 있도록 적극적인 활동을 하고 있어요. 몇 가지 규칙만 지키면 간섭도 하지 않습니다. 다른 곳에서 치료를 받아도 소용없던 사람들이 저희 '마음평화행복요양원'에서 다들 평화를 얻었답니다."

김정은 보호사가 자부심 넘치는 표정으로 설명했다. 고노미는 점점 더 두려워졌다.

차는 한참을 달렸다. 그러다 어느 순간부터 몸이 뒤쪽으로 쏠리기 시작했다. 언덕을 올라가는 모양이었다. 아니, 구불구불한 산길인지도 모른다. 고노미의 몸은 몇 번이나 이쪽으로 쏠렸다 저쪽으로 쏠렸다를 반복했다. 잠시 후 다시 평지를 달리나 싶더니 차가 덜컹거리기 시작했다. 김정은 보호사가 그녀에게 말했다.

"여기서부터 비포장도로예요. 금방 도착하니까 조금만 참으세요."

한참을 털컹거리며 숲속 길을 달리던 구급차가 멈췄다.

"다 왔어요."

뒷문이 열리자 별장 같은 건물이 언뜻 보이고 환한 햇살이 쏟아져 들어왔다. 온화해 보이는 중년 남자가 고노미에게 말했다.

"마음평화행복요양원에 오신 것을 환영합니다. 원장 김형준이라고 합니다. 이쪽은 제 집사람이자 부원장인 오주희 여사입니다. 줄여서 오 여사라고 부르시면 됩니다."

넉살 좋게 웃은 원장은 2층짜리 통나무집을 가리켰다.

"저곳이 고노미 씨가 묵을 행복관입니다. 따라오시죠."

잘 가꿔진 화단 주위로 산책하는 환자들과 간호사들이 보였다. 통나무집 1층에는 거실과 주방이 있고, 2층에 2개의 방과 1개의 화장실이 있었다. 전화기와 컴퓨터를 뺀 가전제품이 모두 갖춰져 있었다. 간단하게 방을 둘러본 후 거실에서 바로 치료가 시작되었다. 흔들의자에 앉은 고노미에게 김 원장이 물었다.

"고노미 씨가 왜 여기 왔는지 아시겠습니까?"

"아뇨. 모르겠어요."

"그렇죠. 많은 사람들이 같은 말을 합니다. 지금 평화로우신가요?"

"그럴 만한 상황이 아닌데요."

약 올리는 건지 위로하는 건지 모를 김 원장의 말에 벌컥 짜증이 났다. 그러나 김 원장은 요지부동이었다.

"지금 행복하신가요?"

"전혀 행복하지 않아요."

"모든 병의 근원은 마음이 행복하지 않은 데서부터 시작됩니다. 이곳에서 지내면 고노미 씨 마음에 평화와 행복이 가득 차게 될 겁니다."

"아저씨. 쇠사슬 채우고 두들겨 패지 않는 건 고마운데요, 저는 멀쩡하거든요."

"인간은 다들 분노와 시기, 질투심으로 스스로를 갉아먹고 있습니다. 여기서 '마음평화행복수련자'가 되시면 그런 나쁜 감정을 멀리할 수 있을 겁니다."

"마음평… 뭐, 뭐라고요?"

답답해진 고노미가 얘기를 더 하려고 했지만 김 원장은 느긋한 표정으로 말했다.

"마음평화행복수련입니다. 집안일은 하루에 한 번씩 사람이 와서 해줄 겁니다. 필요한 게 있으면 종이에 써서 주시면 됩니다."

"제가 원하는 건 여기서 나갈 수 있게 해주는 거, 아니면 바깥이랑 연락할 수 있는 핸드폰인데요."

"수련하는 동안 인터넷, 핸드폰 모두 사용하실 수 없습니다만, 안에서는 마음대로 다닐 수 있습니다. 다만, 치료 중인

만큼 밖으로 나올 때는 간호사가 지켜볼 겁니다."

"그건 감시잖아요."

"자객 수준이라 기척을 거의 느끼시지 못할 겁니다. 이곳은 아주 외진 곳이라 근처에 인가가 없습니다. 간혹 밖으로 나갔다가 산속에서 길을 잃은 분들이 많지요. 밤 9시가 되면 여기로 돌아오셔야 합니다."

"여기가 어디냐고요? 제발 전화 한 통만 하게 해주세요, 네?"

고노미가 간절하게 애원했지만 원장과 부원장은 '마음평화행복'이란 말만 세 번 주문처럼 외치더니 밖으로 나갔다. 머리가 아파왔다. 도저히 말이 통할 사람들 같지 않았다.

"마음평화행복? 여기서 나가면 느낄 수 있을 거 같은데. 제발 집에 보내달란 말이에요!"

고노미는 있는 힘껏 소리쳤다. 그러나 메아리조차 들려오지 않았다. 힘이 빠진 그녀는 소파에 털썩 드러누웠다. 벽과 방문, 심지어 천장에도 '마음평화행복'이라는 글씨가 걸려 있었다. 짜증이 나 몸을 돌렸더니 TV 아래에도 똑같은 글씨가 붙어 있는 게 보였다. 지칠 대로 지친 고노미는 결국 잠이 들고 말았다.

"그나저나 잭은 내가 없어진 걸 알기나 할까…?"

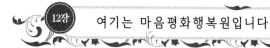

12장

한참 만에 눈을 뜬 고노미는 허기를 느꼈다. 냉장고를 열어 보니 다행스럽게도 먹을 것과 마실 것이 충분히 들어 있었다. 오렌지주스를 꺼내 마시며 고노미가 중얼거렸다.

"토마토주스는 없네."

내친 김에 집 안도 한 바퀴 돌아봤다.

원장의 말대로 전화기와 컴퓨터만 없었다. TV가 있기에 켜보았더니 공중파밖에 잡히지 않았다. 대신 거실장 안에 DVD 플레이어와 게임기, 게임CD가 산더미만큼 들어 있었다. 침대도 폭신했다. 침대에 걸터앉아 주스로 목을 축이다 말고 고노미는 갑자기 들려오는 김 원장의 목소리에 깜짝 놀랐다.

"잘 쉬고 계십니까? 본격적인 치료는 내일 오전부터 시작

됩니다. 오전 10시에 집 앞 벤치에서 뵙겠습니다."

화들짝 놀란 고노미가 방 안을 두리번거렸다. 방 모서리에 스피커가 있었다.

첫 번째 치료는 통나무집 밖에 있는 벤치에서 열렸다. 오 여사 대신 김정은 보호사가 김 원장과 함께 왔다.

"지내기 어떠십니까? 마음의 평화가 느껴지십니까?"

"네. 여기 정말 좋아요."

고노미는 원장이 좋아할 만한 대답을 했다. 이렇게 된 이상 빨리 치료가 되었다고 믿게 하는 게 유리할 것이다. 원장 일행 은 쓸데없는 덕담을 잠깐 주고받더니 돌아갔다. 고노미가 보 기엔 치료와 아무 관련이 없어 보였다.

고노미도 다시 집으로 돌아갔다. 집에는 젊은 동남아 여인 이 청소를 하고 있었다. 혹시나 하는 마음에 고노미가 몇 마 디 붙여보았지만 한국말을 못 알아듣는 것 같았다. 그러나 포기하지 않고 손짓과 발짓으로 대화를 시도하려고 하자 여 인은 가지고 온 노트에 쓰라는 시늉을 하고서 할 일만 묵묵 히 했다.

"휴, 말이 안 통하네."

다음 날은 거실에서 진료를 했다.

"마음의 평화가 느껴지십니까?"

전날과 같은 질문에 어떻게 대답해야 할지 한참 망설였다.

"음… 네."

"알겠습니다."

전날과 거의 비슷한 내용의 '마음평화행복'에 대해 원장은 한참을 얘기했다. 매일 그런 식이었다. 차라리 감금을 하거나 폭행을 당했으면 어떻게든 탈출하려고 했을 텐데 호텔에 온 것처럼 편안한 분위기 때문에 도망칠 결심도 쉽게 하지 못했다.

고노미가 요양원으로 끌려가고 난 후 진혜린은 평소보다 더 끈질기게 잭을 설득했다.

"잭, 잘 생각해봐. 신비주의 느낌으로 활동하면 돼. 우리한테는 김 변호사가 있잖아."

"안 한다고 했잖아. 귀찮게 하지 마."

잭은 진혜린이 쉽게 포기할 거 같지 않자 TV를 끄고 지하실로 내려갔다. 그러다가 다시 문을 열고 말했다.

"그나저나 고노미는 어디 있어?"

"외출했나 본데? 토마토주스 다 떨어졌어?"

진혜린이 허둥지둥 대답했다.

"소시지도 한 통밖에 없으니까 사다놓으라고 해. 전화도 안 받고 대체 어디 간 거야?"

핸드폰을 내려다보면서 잭이 투덜거렸다. 잭이 문을 닫자 진혜린은 그제야 살았다는 듯 한숨을 내쉬었다. 그러고는 서둘러 전성호한테 전화를 걸었다.

"계약서 챙겨와. 토마토주스랑 소시지도 좀 사 오고. 천하장사 치즈 맛, 큰 걸로. 지난번에 내가 얘기한 대로만 하면 돼. 알았지."

"고노미가 없어진 걸 알면 우리한테 화내지 않을까?"

막상 가담하긴 했지만 겁이 난 전성호가 소심하게 물었다. 진혜린은 자신만만하게 대꾸했다.

"워낙 주변 일에 관심이 없어서 자기가 불편하지 않으면 금방 잊어버릴 거야. 항상 그런 식이지."

"그래도 같이 살던 사람이 없어졌잖아."

"나도 아직까지 이해 못 하는 게 뱀파이어의 시간관념이야."

"뱀파이어의… 시간관념?"

"몇 년 동안 같이 있다가 어느 날 갑자기 없어지고, 몇 십 년 만에 나타나서 바로 어제 만난 것처럼 행동하는 거. 이해할 수 있겠어?"

"몇 십 년? 뱀파이어? 대체 무슨 소리야?"

전성호가 영문을 모르겠다는 듯 물었지만 진혜린은 자기 얘기만 했다.

"그러고서는 몇 백 년도 아닌데 고작 몇 십 년 가지고 너무하다고 하는 게 잭이야."

"도통 무슨 소린지 모르겠어. 잭이 진짜 뱀파이어라는 말은 아니겠지?"

"집으로 오면 보여줄게. 소시지 잊지 말고."

"그런데 왜 이렇게 잭을 열심히 띄우는 거야? 나중에 혜린 씨도 직접 연예인 할 생각이야?"

"그건 나중 일이고, 일단 문제부터 해결해야지. 얼마나 걸리겠어? 빨리 와."

마트에 들러 토마토주스와 소시지를 잔뜩 산 전성호는 잭의 집으로 향했다. 가는 내내 의문이 가시지 않았다. 진혜린은 잭이 뱀파이어라는 얘기를 아주 쉽게 하지 않던가?

"미친 게 틀림없어."

전성호는 신호를 기다리면서 중얼거렸다. 외국인 남자와 여자 둘이 동거한다는 것도 그렇고, 자기가 진짜 뱀파이어인 것처럼 구는 것도 이상하다. 지금이라도 차를 돌려버릴까 생각해봤지만 갚아야 할 빚을 떠올리자 다시 착잡해졌다. 설사 뱀파이어가 아니라 악마라고 해도 서명을 받아내야 한다. 이런 저런 생각을 하는 사이에 전성호는 잭의 집에 도착했다. 주차장에 차를 넣고 토마토주스와 소시지가 든 박스를 들고 낑낑대며 집으로 들어가자 진혜린이 반겼다.

"잭은 어디 있어?"

"지하실에. 잠깐 앉아서 기다려. 계약서는 가져왔지?"

박스를 내려놓은 전성호가 계약서와 만년필을 꺼내며 물었다.

"괜히 불난 데 부채질하는 거 아닐까?"

"쇠뿔도 단김에 빼야지. 그리고 이거 목에 걸고 있어."

마치 어린애를 어르는 것처럼 전성호의 뺨을 툭툭 친 진혜린이 작은 은십자가를 건네줬다. 전성호가 은십자가를 목에 걸고 나자 진혜린은 계단 아래 있는 지하실 문을 두드렸다.

"잭! 소시지랑 토마토주스 사왔어."

잠시 후 지하실 문이 열리고 잭이 모습을 드러냈다. 그의 모습을 본 전성호가 애매한 미소를 지었다.

"오랜만입니다. 그동안 잘 지내셨습니까?"

"고노미는 대체 어디 갔어?"

전성호의 인사를 무시한 채 잭이 투덜거리자 진혜린이 눈짓했다. 전성호는 미리 맞춰놓은 말을 했다.

"고노미 씨는 많이 지치고 힘들어서 좀 쉬고 싶다고 하셨습니다."

"그래서?"

"여행을 갔다 올 테니까 저한테 잭 씨를 잘 도와주라고 하셨습니다."

"얼마나?"

잭의 표정이 점점 심각해지자 진혜린이 나섰다.

"모르겠어. 김 변호사한테 얘기해서 몇 달치 생활비를 한꺼번에 가져갔다고 하니까 시간이 좀 걸리겠지."

"감히 나한테 얘기도 하지 않고 여행을 떠나?"

잭이 소리를 질렀다. 핸드폰으로 전화를 걸었지만 고노미는 받지 않았다. 잭은 머리끝까지 화가 났다.

"어차피 유산 때문에 있었던 애잖아. 그만 잊어버려. 김 변호사 얘기로는 처음부터 떠날 생각만 했다는데? 그나저나 영화배우 일은 생각해봤어?"

화를 내고 있는 잭에게 진혜린이 은근한 목소리로 물었다.

"안 한다고 했잖아."

"다시 생각해 봐. 분명 재미있을 거야."

진혜린이 다시 펜던트를 꺼내들자 잭이 벌컥 화를 냈다.

"그걸로 날 조종할 생각은 그만해. 자꾸 그러면 나도 가만 있지 않을 거야."

"마지막 부탁이야. 이것만 들어주면 다시는 괴롭히지 않을게."

"정말이야?"

"맹세."

잭의 반문에 진혜린이 대답했다. 둘 사이에서 눈치를 보던 전성호가 계약서와 만년필을 내밀자 잭은 대충 서명하고서 토마토주스를 낚아채 지하실로 내려갔다. 허겁지겁 계약서를 챙긴 전성호가 안도의 한숨을 쉬었다.

"기자들 몇 명 불러다가 기자회견 할 생각인데 잭이 나올까요?"

"내가 대신 나갈게."

다음 날 전성호는 상기된 표정으로 기자들에게 발표했다.

"영화 〈엘린 더 뱀파이어〉에서 뱀파이어 역할을 맡았던 신인 배우 잭이 저희 'HS엔터테인먼트'와 장기 전속계약을 맺었습니다."

"잭 씨는 이번에도 모습을 안 드러내는 겁니까?"

기자들 중 한 명이 불만스러운 표정으로 물었다. 선글라스를 낀 채 앉아 있던 진혜린이 대답했다.

"앞으로 잭의 인터뷰를 비롯한 모든 언론 접촉은 제가 담당합니다."

"일각에서는 불법 체류한 외국인이 아니냐는 얘기가 나오고 있습니다만…."

아까 질문을 던졌던 기자가 다시 이야기를 꺼내자 전성호 옆에 있던 김 변호사가 나섰다.

"지난번에 언론사에 팩스와 이메일로 관련 서류를 보냈습니다. 잭은 어머니가 한국인으로서 외국인은 아닙니다. 앞으로 이런 악의적인 헛소문에는 강력하게 법적 대응을 하겠습니다."

"앞으로의 활동 계획은요?"

안경 쓴 기자의 질문에 전성호가 기다렸다는 듯 입을 열었다.

"차기작은 신중하게 고르고 있습니다. 영화가 될지 드라마가 될지 결정된 것은 없습니다. 일단 당사자의 의견을 존중하여 휴식기를 가지면서 천천히 판단할 생각입니다."

그 뒤로 몇 가지 질문이 오고가는 가운데 진혜린에게 전화가 걸려왔다. 잭이었다.

"정말 고노미가 지겹다고 떠난 거야?"

"김 변호사 바꿔줄까? 지금 내 말을 못 믿는 거야? 토마토 주스든 팝콘이든 필요한 거 있으면 말만 하라니까?"

"고노미가 필요해."

"그럼 있을 때 잘하지 그랬어?"

"오랫동안 있을 줄 알았어."

잭이 무뚝뚝하게 대답했다.

"너는 수천 년 동안 사니까 어떤 결정이든 빨리 안 해도 되지만 인간은 길어봤자 백 년이야. 그러니 빨리 결정해야 하지 않겠어? 어차피 처음부터 오래 있을 아이는 아니었잖아."

진혜린이 매정하게 전화를 끊었다. 천 년 넘게 아웅다웅하면서 사는 동안 그를 다루는 노하우를 쌓았다고 생각했지만 역시 어려웠다. 문득 그와의 인연이 지긋지긋하다고 느낀 진혜린은 고개를 절레절레 내저었다.

며칠 동안 같은 질문만 하던 김 원장 대신 김정은 보호사가 통나무집을 찾아왔다. 요양원 생활에 익숙해진 고노미는 게임기를 꺼내서 김정은 보호사와 같이 오락을 했다. 처음엔 허둥거렸지만 금방 익숙해졌다. 나름대로 팽팽하게 이어지던 게임이 고노미의 승리로 기울어졌다.

"와! 재미있다. 한 번만 더 해요."

"이제 그만하고 치료해야죠."

"매일 똑같은 질문만 하잖아요. 그러지 말고 한 게임만 더 해요."

"이제 그만해요, 그만. 다음 환자 치료하러 가야 해요."

"여기 있는 거 말고 다른 게임 CD 구하려면 어떻게 해야 되죠?"

"일주일에 한 번씩 통화하는 그 변호사 분한테 말씀해보세요."

게임에서 진 게 분했는지 김정은 보호사가 새침한 표정으로 대답하고는 밖으로 나가버렸다. 홀로 남겨진 고노미는 며칠 동안 잊고 있던 자신의 처지를 새삼 떠올렸다. 편하게 지내고는 있지만 감금되어 있다는 사실은 변하지 않았다. 멍하니 앉아 있는데 스피커에서 김 원장의 목소리가 들려왔다.

"마음평화행복, 마음평화행복, 마음평화행복."

고노미는 풀이 죽은 채 소파에 걸터앉았다. 갑자기 토마토 주스와 팝콘을 엄청 먹어대는 누군가가 그리워졌다.

전성호는 아끼고 아끼던 와인 병을 땄다. 전속 계약을 맺자마자 광고가 두 건이나 들어왔다. 행사에 나와 달라는 요청까지 받아들이지 못한 게 눈물 날 정도로 아쉬웠지만 이 정도만 해도 성공한 셈이다. 와인을 잔에 가득 따른 전성호가 진혜린에게 물었다.

"근데 지난번에 얘기한 게 뭐였습니까? 잭이 뱀파이어 어쩌고…."

"궁금해? 나중에 차차 알게 될 테니까 조금만 기다려. 한꺼번에 알려고 하면 다쳐."

"할 수 없죠, 뭐."

전성호는 자신을 눈 아래 두는 것처럼 구는 진혜린이 마음에 들지 않았지만 꾹 참고 화제를 다른 곳으로 돌렸다.

"그나저나 생각보다 일이 잘 풀려서 다행입니다. 고노미 쪽은 어때요?"

"김 변호사가 아는 요양원에 넣었어. 돈 많은 집안의 미친 놈들을 눈에 안 띄게 보호해주는 곳이 있거든. 적당히 넣어놨다가 몇 년 지난 다음에 돈 조금 쥐어주고 풀어줄 거야."

"그동안 우린 잭한테서 본전을 뽑으면 된다, 이 말이죠?"

와인을 한 모금 마신 전성호가 묻자 자리에서 일어난 진혜린이 거울 앞에 서서 말했다.

"사실 배우는 잭보다 내가 더 잘 어울리지 않아?"

"그렇긴 하죠."

전성호가 아부를 떨자 기분이 좋아진 진혜린이 거울 앞에서 한 바퀴 빙그르르 돌았다.

"일단 몇 년 동안 잭을 앞세워서 자리를 잡고 본격적으로 치고 올라갈 거야. 성호 씨가 날 도와주면 평생 먹고살게 해주지."

"그럼 혜린 씨와도 계약이 된 겁니까?"

"맞아. 내 말만 잘 들어주면 말이야. 김 변호사가 처음에 어떻게 시작했는지 알면 까무러칠걸?"

"그럼 잭은 몇 년 후에 은퇴하는 겁니까?"

"은퇴? 그런 셈이지."

전성호는 진혜린이 깔깔대는 모습이 마귀할멈 같다고 생각했다. 한참 기분 좋게 웃고 있는데 진혜린의 핸드폰이 울렸다.

"아, 김 변호사님."

"잠깐 통화 가능하십니까?"

"물론이죠. 잠깐만요."

사무실 밖으로 나온 진혜린이 핸드폰을 고쳐 잡았다.

"말씀하세요."

"부탁하신 거 알아보고 있는 중인데 쉽지 않을 것 같습니다."

"아예 방법이 없는 건가요?"

"지금까지 알려진 방법이 효과가 없었잖습니까. 그럼 우리가 모르는 게 있다는 건데 쉽지 않을 것 같습니다."

"어떻게든 방법을 찾아요. 돈은 상관하지 말고."

"마침 이스탄불에서 흥미로운 메일이 하나 오긴 했습니다만, 확인하는 데 시간이 좀 걸릴 것 같습니다."

"알았어요. 김 변호사님이 알아서 처리해주세요."

"그런데 정말, 실행에 옮기실 생각입니까?"

핸드폰을 끊으려던 진혜린은 김 변호사의 걱정스러운 말투에 짜증을 냈다.

"물론이죠."

"꼭 그렇게 할 필요가 있을까요?"

진혜린은 아무 대답도 하지 않고 핸드폰을 꺼버렸다.

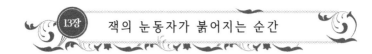

"김 변호사님? 저 고노미예요."

"그곳 생활은 어떻습니까?"

뻔뻔하긴, 고노미는 속으로 이를 갈면서 정중하게 말했다.

"나쁘진 않습니다만, 아직도 왜 여기 갇혀 있어야 하는지 모르겠어요."

"살다 보면 뜻하지 않는 행운도 오고 불행도 오는 법이죠. 어쨌든 빚은 다 갚지 않았습니까?"

"그 부분은 행운이라고 생각해요. 그러니까 이제 그만 저를 풀어주시겠어요?"

"고노미 씨 부탁을 들어준다면 다시는 잭 앞에 나타나지 않겠다고 약속할 수 있겠습니까?"

"그건….".

고노미가 머뭇거리자 김 변호사는 그럴 줄 알았다는 듯 너털웃음을 지었다.

"다음 주에 다시 통화합시다."

"잠깐만요. 잭은 잘 지내고 있나요?"

"그럼요. 진혜린 씨가 영화배우로 만든다고 바쁘게 뛰어다니고 있습니다. 잭이 영화배우라니, 정말 코미디 아닙니까?"

껄껄대는 웃음과 함께 전화가 뚝 끊겼다. 고노미는 '뚜뚜' 거리는 통화음만 들리는 전화기를 한참동안 들고 있었다. 한숨을 내쉬던 고노미의 귓가에 이제는 익숙한 목소리가 들렸다.

"마음평화행복!"

화들짝 놀란 고노미가 뒤를 돌아보자 김 원장이 인자한 미소와 함께 서 있었다. 김 원장의 말은 거의 녹음기 수준이었다. 오늘도 평화와 행복을 가지기 위해서는 마음의 안정이 가장 중요하다는 것을 반복해가며 1시간 동안 이야기했다. 설교가 거의 끝나갈 무렵, 그가 다른 말을 꺼냈다.

"김정은 보호사가 그러는데 요즘 게임에 빠져 있다면서요."

"네! 시간이 남아서 해봤는데 재미있던데요."

"무언가에 흥미를 가지셨다니 좋은 일입니다. 좀 더 자연적이고 활동적인 것을 취미로 가지는 게 정신건강에 좋다고 생각합니다만."

"취미요?"

"아무래도 게임을 오래하는 것은 좋지 않으니까요. 다른 걸 해보는 건 어떨까요?"

"공예 쪽에 관심이 있기는 해요. 목걸이나 반지 만들기, 뭐 그런 거요."

김 원장은 김정은 보호사에게 차트를 받아서 한참을 넘기다가 그녀에게 보여줬다.

"마침 좋은 게 있어요. 전에 이곳에 머물렀던 숙녀분이 '아트클레이실버'를 했거든요. 마음의 평화와 행복을 찾고 이곳에서 나갔습니다만, 모든 도구를 놓고 가셨습니다. 버리기 아까워서 보관하고 있었는데 고노미 씨가 원한다면 당장 드리지요."

"감사합니다."

아트클레이실버가 뭔지는 모르겠지만 시간을 때우기에는 적당할 것 같았다. 면담이 끝나고 통나무집으로 돌아오자 김정은 보호사가 큼지막한 상자를 들고 찾아왔다.

"그건가요?"

"네. 전기로하고 세척기는 뒤쪽 창고에 있을 거예요. 그 아가씨가 작업할 때 몇 번 사용하는 걸 봤는데 나중에는 드라이어로 말리더라고요."

"근데 어떻게 하는 건지 모르는데요."

"짜잔! 이거면 되지요."

김정은 보호사가 그럴 줄 알았다는 듯 상자에서 CD를 꺼내주고 급한 일이 있다며 나가버렸다. 상자에는 점토를 만들 때 쓰는 것 같은 도구들이 있었다. CD를 틀자 전에 아트실버클레이를 했던 것 같은 아가씨가 화면에 나와 도구 사용법과 제작법을 설명했다. 동영상을 보고 나니 약간 자신감이 생겼다. 만드는 방법도 의외로 단순했다. 점토를 반죽하고 모양을 만들고 건조한 다음, 약간 다듬어서 완전히 구워내면 된다.

"뭘 만들까?"

잠깐 고민하던 고노미는 가장 간단한 반지를 만들어보기로 했다. 마침 상자 안에 큼지막한 큐빅도 있었다. 테스트용으로는 안성맞춤일 것 같았다. 고노미는 점토로 되어 있는 아트실버클레이를 천천히 돌돌 말기 시작했다.

"자, 천천히 음료를 마십니다. 아주 맛있다는 표정을 지으시고요."

FD가 손으로 음료수를 마시는 시늉을 하면서 손짓했다. 잭은 천천히 음료수를 마시고 나서 손등으로 입술을 닦았다.

"마음속 갈증까지 날려버립니다. 파워~"

"오케이! 수고하셨습니다."

열다섯 번의 NG 끝에 겨우 감독의 오케이 사인이 떨어지자 스태프들이 환호성을 질렀다. 잭은 스태프들에게 간단하게 인사한 후 주차장에 세워둔 스타크래프트 밴에 올랐다. 시트를 뒤로 젖히고 누워 있던 진혜린에게 물었다.

"이거 언제까지 해야 해?"

잠에서 깬 진혜린이 대답했다.

"왜? 재미없어?"

"지루해. 매번 같은 일만 시키고."

"대신 돈을 많이 주잖아."

"돈? 예전에 준 걸로는 모자라?"

"물론이지. 너를 보호하고 먹이는 데 얼마나 드는데. 그러니까, 몇 개만 더 하자. 응?"

"고노미는 언제 돌아와?"

"걔는 떠났다니까!"

자리에서 벌떡 일어난 진혜린이 고함을 쳤다.

"아주 멀리 떠났어. 지긋지긋하다는 얘기를 남기고 말이야. 모르겠어? 우린 괴물들이라고, 괴물들. 사람들이 우리를 끼워주는 건 돈 때문이야. 그러니까 잔말 말고 시키는 대로 해."

잭은 씩씩대며 자리를 뜨려던 진혜린의 어깨를 붙잡았다.

"변했어."

"물론이지. 우리가 알게 된 지 벌써 천 년도 넘었잖아."

"당신을 살리기 위해서 어쩔 수 없었어."

"그랬겠지. 그런데 말이야, 난 아무것도 준비하지 못했어. 당신은 귀찮으면 그냥 잠들면 되지만 난 계속 눈을 뜨고 있어야 했어. 그 기분이 어떤지 알기나 해?"

진혜린의 절규에 잭의 표정이 변했다. 붉게 달아오른 눈동자가 이글거리는 가운데 송곳니가 조금씩 돋아났다. 눈물을 닦은 진혜린이 목덜미를 드러냈다.

"그래. 물어서 죽이든, 목뼈를 부러뜨리든 네 마음대로 해."

한 손으로 진혜린의 목을 움켜잡고 으르렁거리던 잭이 앞좌석에서 들려오는 쿵 소리에 고개를 돌렸다. 조수석에 앉아 있던 전성호가 앞쪽으로 쓰러지면서 내는 소리였다. 두 사람은 방금 전까지의 다툼을 잊어버린 채 전성호를 쳐다봤다.

"성호 씨? 눈 좀 떠봐. 괜찮아?"

전성호는 찰싹찰싹 뺨을 때리는 진혜린의 옆에 잭이 있는 것을 보고 비명을 질렀다. 잭이 조용히 하라고 손짓했다. 정신

216

을 차린 전성호는 어린애처럼 엉엉 울었다.

"이게 대체 무슨 일입니까? 뱀파이어라니요. 농담하는 줄 알았는데 진짜였어요?"

"나처럼 뼈대 있는 뱀파이어는 농담 같은 거 안 해."

"나, 교회 다닙니다."

정신을 차린 전성호가 은십자가를 잭에게 들이밀었다. 잭이 코웃음을 치며 송곳니를 드러냈다. 전성호는 발버둥치면서 차 밖으로 뛰어나갔다. 한참을 뛰어가던 전성호가 가로등 밑에 서서 헉헉거렸다.

"고작 그거 뛰고 지친 거야?"

전성호는 머리 위에서 들려오는 잭의 목소리에 무심코 고개를 들었다. 잭이 가로등에 거꾸로 매달려 있었다. 전성호는 다시 비명을 지르면서 뛰어갔다. 정신없이 뛰던 전성호는 벤치에 주저앉아서 핸드폰을 꺼내들었다. 어느 틈에 옆에 앉은 잭이 혀를 차는 소리가 들렸다.

"112에 신고해서 뱀파이어 잡아가라고 하면 뭐라고 할 것 같아?"

지칠 대로 지친 전성호가 핸드폰을 내동댕이쳤다.

"죽이든지 살리든지 마음대로 하세요. 이젠 뛸 힘도 없으니까."

"고노미 어디 갔는지 알아?"

"그건⋯."

찔끔한 전성호가 둘러대려고 했지만 붉게 달아오르는 잭의 눈을 보고는 기겁했다.

"저, 저는 시키는 대로만 했을 뿐입니다. 정말이에요."

"그래서, 어디로 갔는데?"

"저도 잘 몰라요. 김 변호사랑 혜린 씨가 알 겁니다."

잭은 전성호의 멱살을 잡아서 들어올렸다. 전성호의 두 다리가 허공에 떠서 대롱거렸다.

"만약 고노미한테 무슨 일이 생기면 넌 내 손에 죽는다. 알았어?"

"그냥 시키는 대로만 했다니까요. 제발 살려주세요."

숨이 막혀서 얼굴이 시뻘게진 전성호를 내팽개치고 잭은 성큼성큼 어둠 속으로 걸어갔다. 바닥에 주저앉아 잭이 사라진 방향을 멍청하게 바라보고 있는 전성호에게 진혜린이 뛰어왔다.

"잭, 어디 갔어?"

"저쪽으로 갔는데요."

"잭이 뭐 물어보지 않았어?"

역시 이 여자 눈치가 보통이 아니라고 생각하며 전성호는 어떻게 하면 빠져나갈 수 있을지 고민했다.

"고노미가 어디 갔냐고 물어봐서 모른다고 했습니다."

"정말이지?"

"네, 그런데 정말 잭이 뱀파이어 맞아요?"

"나중에 얘기해주려고 했는데. 뭐, 할 수 없지."

"그럼 혹시 혜린 씨도…?"

진혜린은 겁먹은 표정으로 묻는 전성호에게 웃으며 대답했다.

"난 그 정도는 아니고. 좀 오래 살았을 뿐이야. 그나저나 빨리 대책을 세워야겠는걸."

잭은 천천히 방문을 열었다. 고노미는 보이지 않았다. 침대는 어수선했지만 잠을 잔 흔적도 없다. 하릴없이 방 안을 빙빙 돌던 잭은 서랍장을 열었다. 옷들을 하나씩 살펴보다가 손을 멈췄다.

다음 날, 사무실에서 서류를 읽고 있던 김 변호사는 바깥에서 들려오는 소란함에 고개를 들었다. 인터폰으로 비서에게 무슨 일이냐고 물으려고 하는데 문이 활짝 열리면서 잭이 모습을 드러냈다. 뒤따라 들어온 비서가 울 것 같은 얼굴로 말했다.

"죄송합니다. 안 된다고 했는데도 막무가내로…."

"됐어요. 나가서 일 보세요. 4시에 잡힌 예약은 다음으로 미루고 아무도 들이지 마세요."

얼굴이 빨개진 비서가 밖으로 나갔다. 김 변호사는 소파에 털썩 앉은 잭에게 최대한 차분하게 물었다.

"연락도 없이 무슨 일이야? 전화를 하면 내가 갔을 텐데."

"고노미 지금 어디 있어?"

속으로 올 것이 왔다고 생각한 김 변호사가 아무렇지 않게 대답했다.

"글쎄… 해외여행을 가고 싶다고 했으니 유럽이나 인도 같은 데 있겠지, 뭐."

"토끼잠옷을 놓고 갔어."

"뭐라고?"

김 변호사가 어리둥절해하는 사이 자리를 박차고 일어난 잭이 창가로 훌쩍 날아갔다.

"내가 선물해준 토끼잠옷이 그대로 걸려 있었다고."

"무, 무슨 말인지 모르겠지만 그녀는 떠났어. 잊어버려."

"인간들의 삶이 백 년도 채 안 되기 때문에 포기가 빠르다는 것을 계속 잊어버린단 말이야. 처음에는 이해가 안 갔어.

인간들은 정말 쉽게 포기하더군."

뒷짐을 지고 돌아서는 잭의 입가에 살짝 돋아난 송곳니가 보였다. 김 변호사는 손에 땀이 났다. 큼지막한 은십자가를 목에 걸어두었지만 잭의 눈빛을 끝까지 피할 자신은 없었다.

"난, 정말 아무것도 몰라. 어차피 고노미는 금방 떠날 여자였어. 잠깐 같이 지낸 것뿐이잖아. 너무 큰 의미를 두지 말라고."

김 변호사는 눈 깜빡할 사이에 코앞으로 다가온 잭의 눈길을 피했다. 잭이 그의 넥타이를 바짝 당겼다.

"내 눈을 똑똑히 보라고. 무슨 짓을 꾸민 거야?"

"아무 짓도 안 했어."

김 변호사는 애써 잭의 눈을 피하면서 대답했다. 가만히 지켜보던 잭이 김 변호사의 와이셔츠를 풀어헤치고는 은십자가 줄을 잡아당겼다.

"이런 거 귀찮아하지 않았나?"

"이제 그만!"

으르렁거리던 잭은 진혜린의 목소리를 듣고 고개를 돌렸다. 펜던트를 높이 치켜든 진혜린이 소리쳤다.

"앞으로 고노미에 대해서 나나 김 변호사, 그리고 성호 씨에게 묻지 마."

김 변호사를 내팽개친 잭이 진혜린에게 걸어갔다.

"지금 나한테 명령하는 거야?"

"펜던트의 주인이 내린 권고야."

잭은 은으로 된 둥근 테에 이빨이 박혀 있는 펜던트를 잡아먹을 듯이 노려봤다. 그러고는 나지막하게 중얼거렸다.

"좋아. 앞으로 세 사람에게 고노미에 대해서 묻지 않겠어."

잭은 아무 말 없이 성큼성큼 밖으로 나가버렸다. 한숨을 돌린 김 변호사가 진혜린에게 화를 냈다.

"괜히 긁어 부스럼을 만들었어요. 이제 어떡합니까?"

"그럼 고노미한테 잭을 빼앗기자는 거예요? 잭이 이렇게 난리치는 걸 보고도 모르겠어요?"

"당신은 모르겠지만 난 곧 은퇴할 겁니다. 같이 끌려 들어가긴 싫습니다."

"미안하지만 협조하지 않으면 당신만 빼고 나와 성호 씨만 건드리지 말라고 할 거예요."

진혜린의 말에 김 변호사는 아무런 대꾸도 하지 못했다.

"진정하고 얼른 해결책을 찾아봐요. 지난번에 얘기한 건 어떻게 되었나요?"

"답변을 기다리고 있습니다."

"빨리 처리하세요."

"그래야 될 것 같군요."

손수건으로 얼굴에 흐르는 땀을 닦아낸 김 변호사가 대답했다. 펜던트를 움켜쥔 그녀가 돌아서자 김 변호사가 물었다.

"근데 그 펜던트는 어떤 힘이 있어서 잭을 막을 수 있는 겁니까?"

"맹세요."

짧게 대답한 진혜린이 사무실 밖으로 나갔다.

♠

서기 879년 신라 경주.

잭의 피가 들어간 약을 마신 여인은 잠이 들었다. 창백하던 얼굴에 화색이 돌았다. 잭은 며칠 후 의원을 다시 불렀다. 진맥을 한 의원은 고개를 갸웃거리면서 말했다.

"화색이 아직 남아 있긴 한데 숨이 끊어졌습니다."

잭은 왕에게 고하고 여인의 장례를 치렀다. 왕의 심정이 어떠했는지는 짐작이 갔지만 아무런 내색도 하지 않았다. 장례가 끝나고 잭은 여인의 무덤을 파헤쳤다. 수의에 쌓인 그녀를 들고 숲속의 오두막집으로 향했다. 겹겹이 쌓인 수의를 벗기고 여인을 살펴봤다. 미약하긴 하지만 숨이 돌아오고 있었다.

잭은 여인이 깨어나면 본인의 상태에 대해 어떻게 말을 해줘야 하나 걱정이 되었다. 이제 여인은 뱀파이어도, 사람도 아닌 존재가 되어버렸다. 이틀 만에 눈을 뜬 여인은 어지러운 듯 이마를 찡그렸다.

"몸이 가볍습니다. 어찌된 일인지요."

"당신은 예전과 달라졌소."

"역시, 여기가 저승이군요. 공도 같이 죽은 건가요? 아니면 마지막으로 당신을 볼 수 있게 부처님께서 허락해주신 건가요?"

"둘 다 아닙니다. 당신은 새로운 생명을 얻었소. 계속해서 살아가겠지만 예전과는 다른 삶을 살게 되겠죠."

여인은 이해하지 못하겠다는 눈빛을 던졌다.

"이제 저는 어쩌면 좋습니까? 장례까지 치렀으니 금성으로 돌아가지는 못하겠지요?"

"내 욕심이 너무 컸소. 어떻게 살아가야 할지는 당신에게 달려 있소."

"공과 함께라면 상관없습니다."

여인은 포근한 미소를 지으며 대답했다. 잭은 미칠 듯한 불안감과 두려움을 잠시 잊어버린 채 그녀를 꼭 끌어안았다. 며칠 후 잭과 여인은 짐을 꾸리고 오두막집을 떠났다.

"어디로 가실 생각이십니까?"

여인이 수줍게 묻자 잭이 대답했다.

"처음 도착했던 동쪽 바닷가로 갈 생각입니다. 왕에게 받은 패물들을 팔면 먹고사는 데 지장은 없을 겁니다."

여인은 알겠다는 듯 고개를 끄덕거렸지만 잭은 그녀의 마음속에 꿈틀대는 아쉬움을 읽었다.

♠

"뭐? 돈이 없어?! 나는 뭐 돈이 남아 돌아서 빌려준 건 줄 알아. 애걸복걸해서 빌려줬더니 배 째라고? 아니긴 뭐가 아니야, 허튼소리 말고 내일까지 가져와, 이자에 잔금까지!"

전화기를 붙잡고 고래고래 소리를 지르던 남씨는 갑자기 들려오는 웃음소리에 흠칫했다. 주변을 둘러봤지만 사무실 안에는 아무도 없었다. 혹시나 하는 생각에 책상서랍 안에 들어있는 걸 확인한 남씨가 다시 전화기를 귓가에 가져가려는 순간 어둠속에서 불쑥 손이 튀어나와 자신의 손목을 움켜잡는 게 아닌가? 남씨는 그만 비명을 지르고야 말았다. 히죽 웃은 잭이 장난스럽게 말했다.

"오랜만이야. 부탁이 있어서 왔어."

"부탁은 얼어 죽을…."

문을 박차고 들어온 부하들을 보고 기운을 낸 남씨가 잭의 손을 뿌리쳤다.

"지난번처럼 허우대만 멀쩡한 애들이 아니라 정식으로 격투기를 배운…."

남씨의 말이 채 끝나기도 전에 바람처럼 움직인 잭이 사무실로 몰려들어온 부하들을 때려눕혔다.

얻어맞은 곳을 움켜잡은 채 쓰러진 부하들 사이에 선 잭이 자신을 돌아보자 남씨는 재빨리 서랍 안에 있던 물건을 꺼내 들었다.

"아무리 날고 기는 놈이라고 해도 이건 못 당할걸."

남씨가 밀수한 러시아제 토카레프 권총을 잭에게 겨눈 채 호탕하게 웃었다.

"손 들어!"

잭이 손을 드는 대신 쓰러진 부하들을 헤치고 다가왔다. 권총을 겨눈 채 뒷걸음치던 남씨가 눈을 꾹 감고 방아쇠를 당겼다. 천둥 같은 총소리와 함께 매캐한 냄새가 코를 찔렀다. 실눈을 뜬 남씨는 바닥에 누운 채 귀를 막고 있는 부하들과 탄환에 맞아서 반쪽이 된 전등을 보고서 고개를 갸우뚱거렸다.

"다 썼어?"

뒤에서 들려오는 싸늘한 목소리에 남씨는 뒤도 안 돌아보고 책상을 넘어가려고 했다. 하지만 억센 손아귀에 뒷덜미를 잡히고 말았다.

빈 권총을 휘둘러봤지만 금방 빼앗겼다.

"도대체, 너 정체가 뭐야!"

잭은 대답 대신 주먹으로 책상을 내리쳤다. 구멍이 뻥 뚫린 책상을 본 남씨가 두 손을 싹싹 빌었다.

"잘못했습니다. 제가 잠깐 미쳤나 봅니다."

"이제야 얘기가 통하는군. 고노미, 알지?"

"네, 물론이죠."

"지금 어디 있는지 찾아내."

"네?"

"지금 어디 있는지 알아내란 말이야. 그럼 용서해주지."

"알겠습니다. 두 분이 부부싸움이라도 하셨습니까?"

"그건 네 알 바 아니고. 내일 이 시간에 여기 올 때까지 행방을 알아내. 알았지?"

"걱정 마십시오. 대한민국 안에만 있으면 찾을 수 있습니다. 네, 그렇고 말고요."

비굴한 표정으로 대답한 남씨는 잭이 사라지자마자 쓰러

져 있는 부하들에게 소리쳤다.

"얼른 일어나서 전화 돌려. 이름 고노미! 나이 이십대 중후반, 성별 여자! 얼른 찾아내. 죽고 싶지 않으면."

"그럼 혜린 씨도 뱀파이어…"

"혜린 씨는 뱀파이어의 피를 마시고 영원한 삶을 살게 된 거야."

"맙소사. 제 눈으로 보지 못했다면 안 믿었을 겁니다."

전성호는 떨리는 손으로 양주잔을 입가에 가져갔다. 한동안 고민하던 전성호는 김 변호사에게 전화를 걸어 약속을 잡았다. 고민을 털어놓으려고 했는데 오히려 김 변호사에게 설명을 듣는 꼴이 되었다.

"이제 어떡하죠?"

"어떡하긴, 괴팍하고 까탈스러운 고용주랑 일을 한다고 생각해. 단점도 있지만 장점도 있으니까."

"매일 피를 빨릴지 모른다는 공포감을 안고 말입니까? 성깔 더러운 배우랑 같이 지내는 것도 죽을 맛인데 뱀파이어라니요."

"그 여자는 천 년 넘게 뱀파이어와 지내왔어. 나도 이십 년 넘게 지냈으니까 엄살은 그만둬. 그나저나 앞으로가 문제야."

"앞으로가 문제라고요?"

"그래, 진혜린이 뭔가 꾸미고 있는 게 분명해. 최악의 경우 그 여자는 펜던트를 방패삼아 살아날 수 있지만 우린 그게 없잖아."

"우리가 그 펜던트를 뺏으면요?"

전성호의 말에 김 변호사가 어림도 없다는 듯 고개를 저었다.

"만약 어떤 계약이나 맹세가 그 펜던트가 가진 힘의 원천이라면, 그걸 강제로 빼앗는다고 안전해지진 않아."

"그럼 어쩌자고요. 정말 미치고 팔짝 뛰겠네. 이러다 우리가 자신을 속였다는 사실을 알게 되면…."

전성호는 생각만 해도 끔찍하다는 듯 온몸을 부르르 떨었다. 김 변호사는 그런 전성호의 모습을 재미있다는 듯 지켜봤다.

"정말 무서웠다면 당장 어디론가 숨었겠지. 다 두고 떠나기에는 아쉽지?"

정곡을 찔린 전성호가 아무 말도 못하고 잔을 비웠다.

"물론이죠. 여기까지 어떻게 왔는데 다 포기합니까?"

"잭의 말로는 인생을 짧게 살아서 욕심이 많다고 그러더군. 뭐, 나도 아직까지 붙어 있으니까 말 다했지."

"신세 한탄 말고 해결책이 필요합니다."

"방법이 한 가지 있긴 해."

풀죽어 있던 전성호의 눈이 반짝거렸다.

"정말입니까?"

"다른 때 같았으면 안 믿었겠지만 지금은 상황이 달라서 말이야."

"정말 잭을 제압할 수 있다는 겁니까?"

"이론상으로는 가능해. 물론 완벽한 계획이 필요하지만."

"제가 어떻게 도우면 될까요?"

바짝 당겨 앉은 전성호가 묻자 김 변호사가 대답했다.

"미끼를 놔야지."

"미끼라면…?"

"맞아."

김 변호사가 의미심장한 미소를 지으며 술잔을 들었다.

다음 날 약속한 시간에 나타난 잭에게 목 보호대를 한 사채업자 남씨가 굽신대며 쪽지를 건넸다.

"저, 한글은 읽을 줄 아십니까? 혹시 몰라서 영어로 번역해 놓긴 했습니다만…."

"마음평화행복 요양원? 여기가 뭐하는 데야?"

"그러니까, 훼까닥한 사람들 중 돈 많은 사람들이 가는 곳이죠."

"고마워."

쪽지를 챙긴 잭이 등을 보이자 사채업자 남씨가 조심스럽게 물었다.

"저, 형님. 혹시 이쪽 일 하실 생각 있으면 언제든 연락 주십쇼."

걸음을 멈춘 잭이 돌아보자 사채업자 남씨가 얼른 말했다.

"이런 말 하면 웃기지만, 형님 박력 넘치십니다. 영화도 봤어요. 두 번이나."

"인간들 아부는 너무 뻔해. 어쨌든 고마워."

그러고는 바람처럼 사라져버렸다.

"짜잔! 드디어 완성이다."

고노미는 큼지막한 큐빅이 박힌 반지를 보며 소리쳤다. 전기로에서 나온 지 얼마 안 돼서 그런지 반지가 따끈했다.

"다음에는 뭘 만들까⋯."

종이에 본을 뜬 그림들을 보며 고민하던 고노미는 문득 예전 기억을 떠올렸다.

"맞아. 그 목걸이."

웬일인지 잭은 진혜린이 가지고 있던 펜던트를 애지중지했던 것 같았다. 연필을 고쳐 잡은 고노미는 기억에 의지하여 종이 위에 그림을 그려나갔다.

"그러니까 은으로 된 둥근 테두리에 멧돼지 이빨 같은 게 박혀 있었던 것 같은데, 방향이 어느 쪽이었더라."

"오른쪽!"

"꺄악!"

등 뒤에서 들려오는 소리에 고노미는 놀라서 펄쩍 뛰었다.

"잭! 여긴 어떻게 알고 찾아왔어요?"

"누가 알려줬어. 그나저나 여기서 뭐 하는 거야? 할망구 말로는 멀리 여행을 떠났다더니."

"잭한테 말도 안 하고 떠날 리가 없잖아요. 세 사람이 날 여기 가둔 거예요."

"딱히 갇혀 있는 거 같지는 않은데?"

고노미는 잭을 한 대 때리고 싶었지만 꾹 참았다.

"나 구해주려고 온 거예요?"

"아니, 캐러멜팝콘이 다 떨어졌는데 할망구는 그냥 팝콘만 사와서 말이야."

"좋아요. 캐러멜팝콘 사줄 테니까, 여기서 내보내주세요."

"나가는 건 문제가 아니지만 계획을 짜야지."

"무슨 소리예요. 설마 세 사람이 무서운 건 아니겠죠?"

"뭔가를 꾸미는 것 같아. 일단 잠깐만 여기에 있어. 처리하고 올게."

고노미는 머릿속으로 여기까지 와서 헛소리를 해대는 잭의 머리통을 한 대 치고, 발로 차고 등짝을 주먹으로 때리는 상상을 했다.

"뭐요? 지금 나랑 장난하자는 거예요?"

"내 옆에 붙어 있고 싶은 마음은 잘 알겠지만 좀만 참으라고."

"이 와중에 농담이 나와요?"

고노미가 화를 냈지만 잭은 다른 얘기로 넘어갔다.

"그 펜던트 똑같이 만들 수 있어?"

"할 수야 있지만…."

"그럼 부탁해."

"네? 갑자기 그걸 똑같이 만들라고요?"

고노미의 볼멘소리에 테이블에 굴러다니는 연필을 집어든 잭이 종이 위에 그림을 그렸다.

"이거면 되겠지?"

종이를 받아 든 고노미가 뭐라고 하려는 순간, 잭이 사라졌다.

"야! 여기까지 왔으면 날 구해줘야지!"

화가 머리끝까지 치밀어 오른 고노미가 고함을 지르자 스피커에서 소리가 들려왔다.

"마음평화행복! 분노를 가라앉히고 마음을 편하게 가지세요."

"정말 제멋대로군요."

김 변호사가 진혜린을 쏘아보며 말했다. 한바탕 폭풍이 지나간 뒤 전성호의 제안으로 대책회의가 열린 자리에서다. 잭이 언제 어디서 나타날지 몰라 그들은 청담동의 한 술집에서 비밀리에 모였다.

"어떻게 잭을 연예인으로 만들 생각까지 한 겁니까? 아예 잭이 뱀파이어라고 발표하지 그랬습니까?"

"지금 지나간 일을 따지자고 모인 건 아니잖아요."

김 변호사의 맹공에 진혜린이 말했다.

"좋게 넘어갈 수도 있는 일인데 괜히 긁어 부스럼을 만들었단 얘깁니다."

"그러다 잭이 고노미의 품에 안겨버리면 우린 낙동강 오리알 신세가 되는 거죠. 잭은 둘째치고 고노미도 유세를 떨 텐데 여기 찔리는 사람들 많지 않아요?"

진혜린이 전성호를 쳐다보며 얘기하자 김 변호사가 끼어들었다.

"하긴, 지금 그 얘기를 하려고 모인 건 아니니까요. 고노미를 돌아오게 해주면 잭과 화해가 가능하겠습니까?"

"근데 잭이 왜 고노미를 챙기는 겁니까?"

가만히 듣고 있던 전성호의 질문에 진혜린이 고개를 저었다.

"잭의 마음을 어떻게 알겠어. 어쨌든 고노미가 자리를 잡으면 우리는 버림받을 게 뻔해. 물론 언젠가는 잭과 이별해야 하겠지만 적어도 지금은 아니잖아요. 안 그래요?"

진혜린이 두 사람을 쳐다보며 말을 이어갔다.

"잭이 없었다면 김 변호사님이 지금의 자리까지 오르지 못했겠죠. 그리고, 성호 씨도 잭이 없으면 당장 파산이고 말이야."

"그래서 어떡하자는 얘깁니까? 문제를 일으킨 건 당신이잖습니까?"

김 변호사의 반발에 진혜린이 코웃음을 쳤다.

"우리 솔직하게 털어놓죠. 난 잭이 내 손아귀에서 빠져나가는 걸 원하지 않아요."

"잭을 만만하게 보지 마시죠."

"저한테는 펜던트가 있어요. 난 잭을 천 년 동안이나 지켜봤다고요. 알아도 내가 더 잘 알아요."

"어떻게 지금까지 쭉 살아온 겁니까?"

전성호의 질문에 진혜린이 대수롭지 않다는 표정으로 대꾸했다.

"이름과 신분을 바꾸면서 계속 살아왔어. 옛날에는 살던 곳을 떠나서 다른 데로 가기만 하면 됐는데 주민등록증이 생기고 난 뒤로 좀 복잡해졌지. 그래서 여기 있는 김 변호사가 예전에 죽은 사람 신분으로 세탁해줬는데 그게 바로 고노미의 할머니인 옥예랑이었어. 시간이 지나면서 젊은 얼굴하고 너무 차이가 심해져서 신분을 다시 세탁하려고 사망신고를 했는데 가족 중에 고노미가 있었던 거지."

진혜린의 책망하는 듯한 눈길에 김 변호사가 헛기침을 하면서 반박했다.

"그렇게 할 수밖에 없었던 건 당신이 성형수술을 한다고 했기 때문이잖습니까."

"잠깐만, 그러니까 혜린 씨가 성형수술을 했다는 겁니까?"

전성호가 충격 받은 얼굴로 끼어들었다.

"다른 사람들은 하나도 안 변했다고는 하지만, 주름살과 축 처진 피부가 싫었어. 같은 얼굴로 천 년 넘게 살아 봐. 안 지겹겠어?"

"그러니까 성형미인이군요."

전성호의 말에 진혜린이 발끈했다.

"원래 예뻤어. 성형도 바탕이 있어야 잘 나온다고. 신분을 세탁한 건 성형수술과 상관없어. 주민등록상의 나이는 내 얼굴과 맞지 않게 너무 많았다고."

"물건이 도착했는데 꽤 쓸 만합니다. 이제 그걸 쓸지 안 쓸지, 어떤 타이밍에 쓸 건지 결정해야 합니다."

김 변호사가 불쑥 말을 꺼냈다.

"효과가 있을까요?"

진혜린의 물음에 김 변호사가 끄덕거렸다.

"지푸라기라도 잡아야 할 상황입니다. 물건 판 쪽의 얘기를 믿어야죠."

"나한테 좋은 생각이 있어요."

진혜린이 은근한 목소리로 앞으로의 계획을 설명했다.

며칠 후 TV를 보고 있는 잭에게 진혜린이 다가갔다. 그녀가 앞을 가로막자 팝콘을 먹던 잭이 귀찮은 표정으로 말했다.

"가리지 말고 비켜. 할망구야."

진혜린은 한 술 더 떠서 TV를 꺼버렸다. 소파에 누워 있던 잭이 벌떡 일어났다.

"좋은 말로 할 때 다시 켜."

"고노미는 여행을 간 게 아니야."

"그럼?"

"내가 어디 감금시켰어."

"미쳤군. 할망구."

"그랬다가 지금 제정신으로 돌아왔어."

"잘 생각했어. 다시 돌려놓으면 뭐라고 안 할게."

"사랑하는구나. 그 여자."

진혜린의 말에 잭이 팍 인상을 구겼다.

"인간들이란… 왜 그렇게 사랑에 목을 매는지."

"인간 타령할 문제가 아닌 것 같은데? 날 사랑해서 피를 나눠준 거 아니었어?"

"맞아. 하지만 넌 내 사랑을 이용하려고만 했지."

잭의 대답에 진혜린이 코웃음을 쳤다.

"복수심 때문에 나한테 피를 줬다는 거 다 알아. 불멸의 삶을 사는 고통을 느끼길 원했던 거잖아."

"이제 사는 게 지겨워졌어?"

눈 깜빡할 사이에 진혜린의 목을 움켜잡은 잭이 분노를 터트렸다.

"펜던트를 너무 믿는 것 같은데, 마지막 경고야. 날 화나게 만들지 마."

"방금 사람을 보냈어. 고노미를 죽이라고 말이야."

"뭐?"

놀란 잭의 눈이 붉게 변했다. 진혜린이 쪽지를 하나 건넸다.

"고노미가 갇혀 있는 곳 주소야. 최선을 다해야 할 거야. 상대방이 만만치 않거든."

"그깟 펜던트만 믿고 일을 저질렀군."

"잘해 봐. 그녀를 구해서 나한테 했던 것처럼 피를 나눠줘서 천 년 만 년 옆에 데리고 살라고."

잭은 진혜린을 내팽개치고 밖으로 뛰쳐나갔다. 쓰러져 있던 그녀가 일어날 즈음 김 변호사와 전성호가 들어왔다. 김 변호사가 걱정스러운 표정으로 말했다.

"너무 신경을 건드린 거 아닙니까?"

"잭을 흥분시켜야 승산이 있어요."

"그래도 뒷감당을…."

"지금이라도 무서우면 빠지세요. 난 반드시 잭에게 목줄을 채우고 말겠어요."

"그러다 잭이 죽기라도 하면 어떡합니까? 지금 받아놓은 계약서만 몇 장인데…."

울상이 된 전성호가 발을 동동 굴렀다.

"잭만 고분고분하게 만들면 돈 버는 건 문제도 아냐. 그러니까 잠자코 기다리고 있어, 애송아."

"뭐라고? 이 여자가 보자보자 하니까!"

진혜린의 말에 욱한 전성호를 뜯어말리며 김 변호사가 말했다.

"좋습니다. 이왕 엎질러진 물, 기다려봅시다. 대신 펜던트는 우리가 잠깐 보관하고 있겠습니다."

눈빛을 교환한 김 변호사와 전성호가 달려들어 펜던트를 강제로 빼앗았다.

"그래봤자 소용없다니까, 그건 주인이 가지고 있어야만 효과가 있어."

"그러니까 말입니다. 주인도 이걸 안 가지고 있으면 아무 소용없지 않겠습니까?"

김 변호사의 말에 진혜린이 아차 하는 표정을 지었다. 빼앗은 펜던트를 전성호에게 넘겨준 김 변호사가 홀가분한 표정으로 말했다.

"이제야말로 공동 운명체인 셈이군요."

"이걸로 공평하다고 생각한다면 좋아요. 다음 일은 차질 없이 진행되고 있나요?"

"물론이죠. 지금쯤 뒤를 쫓고 있을 겁니다."

잭이 고속도로를 훌쩍 뛰어넘자 달리던 차들이 놀라서 브레이크를 밟았다. 숲속을 달리던 잭은 거추장스러운 신발을 벗어던졌다. 새로운 강자의 출현을 감지한 산짐승들이 숨을 죽였다. 다급한 잭은 절벽 위에서 도로 위로 그대로 뛰어내렸다. 심호흡을 하고 뛰려는 찰나 거친 경적 소리가 들렸다. 거대한 컨테이너 트럭이었다. 잭은 얼른 숲으로 몸을 날렸다. 아슬아슬하게 피한 잭은 숨을 몰아쉬며 다시 달리기 시작했다. 표독스러웠던 진혜린의 표정도 그렇고, 아까부터 느껴지는 불길함 때문에 자꾸만 마음이 급해졌다.

고노미는 전기로에서 펜던트 모양으로 반죽한 것들을 꺼내서 세척기에 넣었다. 세척을 끝낸 반죽들 중에서 가장 그럴듯한 것을 골라 사슬모양의 줄을 붙이자 펜던트가 완성되었다.

"야호! 완성이다."

기분이 좋아진 고노미가 펜던트를 보며 환성을 질렀다.

"마음평화행복, 점점 실력이 늘어나시는군요."

어느 틈에 왔는지 등 뒤에서 구경하고 있던 김 원장이 말했다.

"생각보다 재미있네요."

"오호, 모양이 특이하군요. 그거 이빨인가요?"

"네, 친한 사람이 가지고 있는 걸 흉내내봤어요."

"열심히 하시는 걸 보니 다행입니다. 그나저나 손님이 찾아왔습니다."

"손님이요?"

"고문 변호사님께서 보내셨다고 하시는군요. 마침 오는 길이라 함께 왔습니다."

김 변호사가 보냈다는 말에 고노미는 순식간에 풀이 죽었다. 다음 순간, 고노미는 손님이 모습을 드러내자 경악하고 말았다.

"아트클레이실버, 정말 안 가지고 갑니까?"

온화한 표정의 김 원장이 묻자 고노미가 정중하게 대답했다.

"다음에 오는 사람을 위해서 남겨두고 싶어요."

"어디를 가든지 '마음평화행복' 하시길 바랍니다."

"그럴게요. 감사합니다."

"잘 가요. 만나자마자 이별이네. 가끔 와서 게임 레벨업 하는 거 도와주세요."

눈물을 글썽거린 김정은 보호사가 와락 품에 안겼다. 살짝 웃음을 지어 보이던 고노미는 몇 걸음 뒤에 서 있는 잭을 쳐다봤다. 처음에 김 변호사가 보낸 사람이 왔다고 했을 때는 영화에서처럼 매서운 눈매의 소음총을 가진 킬러일 거라고 생각했다. 그런데 뜻밖에도 손님은 잭이었다. 그것도 맨발에 온통 흙투성이라서 보자마자 큰 소리로 웃었다. 김 원장이 더 없이 정중하게 잭을 대하는 모습에 고노미는 뒤늦게 뭔가를 깨달았다.

"최면을 건 거예요? 잭."

"쉿, 최면이라는 걸 알려주면 안 돼. 순진한 사람들이라 잘 먹히네. 어서 짐 챙겨. 나가야지."

환호성을 지른 고노미는 방금 완성한 펜던트와 게임기를 챙겼다. 그 사이 김 원장의 흰 가운과 신발을 입은 잭이 자동차 열쇠를 고노미에게 던졌다.

"운전할 줄 알지?"

"차 몰고 온 거예요?"

"아니, 날아왔어."

고노미의 물음에 잭이 장난스럽게 대꾸했다. 그 사이 김 원장은 자신의 차에 있는 물건들을 꺼내고 트렁크를 비웠다.

"최면에서 깨어나면 정말 속상하겠어요."

고노미의 걱정을 아는지 모르는지 김 원장이 천진난만하게 웃으며 손을 흔들었다.

"마음평화행복."

고노미는 자동차에 시동을 걸고 어설프게나마 고개를 숙여 인사했다. 그러고는 곧 차를 출발시켰다.

"이거 어때요?"

고노미는 완성된 펜던트를 한 손으로 흔들어 보였다.

"정말로 만들다니, 고노미 정말 나 좋아하는구나!"

"그림까지 그려줘서 안 만들 수 없었던 거라고요. 그런데 우리 어디로 갈 거예요?"

"우선 김 변호사 먼저 만나보려고."

"그 사람은 왜요?"

"가장 냉정한 사람이니까 얘기가 통하거든. 어떻게 된 일인지 알아보게."

"만약 입을 다물면요?"

"나와의 관계를 해지한다고 할 거야. 김 변호사가 번 돈 대부분은 내가 벌게 해준 거니까. 절대 무시하지 못할걸."

"돈도 벌 줄 알아요? 어떤 식으로 돈을 벌게 해줬는데요?"

"은행에 따라가서 대출 신청할 때 담당자에게 무담보로 대출을 해주게 최면을 걸어. 1900년인가 1990년인가에도 회사를 하나 인수한다고 해서 협상하는 곳에 같이 간 적이 있어."

"년도 차이가 많이 나는데요."

"아무튼 회사를 사고팔 때나 중요한 계약을 할 때 동행해서 상대방 마음을 움직여 계약을 따내게 해줬지. 김 변호사는 회사를 그런 식으로 키워서 비싼 값에 팔았고. 그 이후로 땅이랑 부동산을 사들여서 계속 재산을 불려나간 거 같아. 세무조사 같은 것도 담당자를 만나 처리한 적이 있지."

고노미는 잠시 말을 멈춘 잭의 찌푸린 미간을 보면서 이 남자 왠지 터프하다고 생각했다. 고노미가 엉뚱한 상상을 하고 있는 동안 잭이 설명을 이어갔다.

"잠들기 전에 얼핏 들었는데 그 재산들은 고노미 할머니의 명의로 되어 있다고 그랬어. 진혜린이 네 할머니 이름을 빌려서 살았거든. 그러다 성형수술을 한답시고 잠적하면서 사망 처리를 했고, 가족이 없는 걸로 알았는데 네가 떡 하고 나타난 거야. 물론 진혜린이라는 이름으로 신분을 위장하면서 친척관계라고 해놓긴 했는데 고노미가 우선 상속을 받는 게 원칙이라서 말이야."

잭의 설명을 들은 고노미는 이해가 간다는 듯 고개를 끄덕거렸다.

"그러니까 난 얻어걸린 셈이네요."

"사람들은 그걸 행운이라고 하더군. 어쨌든 김 변호사랑 얘기해서 돈을 돌려받을 거야."

"그다음은요?"

"진혜린한테 방 빼라고 해야지."

"그런 다음에는요?"

"외국이나 나갈까?"

"외국이요?"

"응. 나갔다 오는 사이에 김 변호사한테 벌려놓은 일 정리해놓으라고 하면 깔끔하잖아."

"휴, 얼마 전까지는 꿈도 못 꿨을 일들이 자꾸 벌어지네요."

"오래 살다 보면 가끔 재미있는 일도 생기지."

해가 뉘엿뉘엿 떨어져가는 강원도의 도로는 조용했다. 고갯길과 커브가 많아서 고노미는 조심조심 운전했다. 차에 타기만 하면 졸던 잭은 웬일인지 눈을 말똥말똥하게 뜨고 있었다.

"왜 안 자요?"

"창문 좀 열어."

"더우면 에어컨 틀어요."

고노미의 대답에 잭은 팔꿈치로 유리창을 깼다. 놀란 고노미가 비명을 지르는 사이 차 밖으로 나간 잭이 지붕에 우뚝 섰다.

"뭐하는 짓이에요?! 위험하다고요."

"속도 그대로 유지해."

거추장스러운 흰 가운을 찢어버린 잭이 몸을 잔뜩 웅크린 채 눈앞의 언덕을 노려봤다. 달은 떴지만 아직 해는 지지 않았다. 아까 출발할 때부터 계속 거슬리던 기분은 한층 가라앉은 상태였다. 아주 오랜만에 느끼는 긴장감에 잭은 송곳니를 드러낸 채 어둠을 노려봤다.

계곡을 따라 옆으로 꺾어진 도로 때문에 차의 속도가 줄어들었다. 균형을 잡기 위해 몸을 낮춘 잭의 눈에 도로 쪽으로 길게 뻗은 나뭇가지가 들어왔다. 그 위에 웅크리고 있는 낯선 그림자가 보였다. 그 순간 잭은 온 신경이 팽팽히 곤두서는 걸 느꼈다. 나뭇가지에서 훌쩍 뛴 그림자가 잭에게 날아왔다. 잭은 그림자와 함께 도로 밖으로 날아갔다. 바위투성이 절벽을 나뒹군 잭과 그림자는 계곡 아래쪽까지 굴러갔다. 틈을 봐서 발로 상대방을 힘껏 걷어찬 잭이 몸을 일으켰다. 정신을 차린 잭은 상대방을 똑똑히 볼 수 있었다. 곤두선 털과 뾰족한 귀, 톱날 같은 이빨로 무장한 그림자는 낮게 으르렁거리며 틈을 노렸다. 서로 눈싸움을 벌이는데 도로 위에서 빵빵거리는 경적 소리와 함께 고노미의 목소리가 들렸다.

"잭! 괜찮아요? 대체 무슨 일이에요!"

"거기 그대로 있어. 늑…."

잭이 말하는 틈을 노린 그림자가 다시 덤벼들었다. 미처 피하지 못한 잭이 그림자에게 깔렸다. 이빨로 물어뜯으려는 공격을 간신히 피한 잭은 주먹으로 그림자의 턱을 한 대 후려치고 빠져나왔다. 잭이 몸에 묻은 흙을 털면서 중얼거렸다.

"늑대인간이야. 대체 어디서 살아 있던 거지? 멸종된 줄 알았는데?"

"동물원에서 살았지. 인간들이 주는 먹이를 먹으면서 말이야."

회색 늑대인간이 턱을 손으로 쓰다듬으며 말했다.

"그래서 사람처럼 두 발로 서서 말도 할 줄 아는군."

잭의 비아냥거림에 회색 늑대인간이 울부짖었다.

"그래, 너희 뱀파이어들이 인간들 사이에서 우아하게 사는 동안 우리들은 철창에 갇혀서 살았지."

"억울하면 뱀파이어로 태어나지 그랬어."

잭이 말하는 사이 늑대인간이 덮쳤다. 여유 있게 피한 잭이 쓰러진 나무를 집어던졌다. 전봇대만 한 나무를 발로 걷어찬 늑대인간이 다시 잭을 공격했다. 잭은 늑대인간의 앞발톱 공격을 아슬아슬하게 피하며 나무 위로 훌쩍 뛰어올랐다.

"그나저나 우리가 싸울 필요는 없잖아."

"난 전사야. 힘을 증명하고 싶을 뿐이다."

"그럼 UFC 같은 데 소개해줄까?"

"뱀파이어들은 항상 말이 많았지. 난 그게 마음에 안 들었어."

회색 늑대인간이 성난 고함소리와 함께 나무 위에 선 잭에게 덤벼들었다. 뒤로 공중제비를 돌아서 땅으로 내려온 잭이 아직 허공에 떠 있는 회색 늑대인간을 향해 뛰어올랐다. 공중에서 충돌한 둘은 빙글빙글 돌면서 땅에 떨어졌다. 서로 한 방씩 먹은 둘은 거리를 두고 다시 떨어졌다. 잭은 발톱에 긁힌 가슴의 상처를 손으로 막았다. 회색 늑대인간도 털이 빠지고 살이 찢겨진 어깨를 만지작거렸다. 회색 늑대인간이 턱에 난 상처를 혀로 핥았다.

"역시 만만치 않군. 마지막으로 뱀파이어를 죽인 게 콘스탄티노플이 이스탄불로 변한 직후였지. 터번을 두른 뚱뚱한 놈이었는데…. 혹시 알아? 자네한테서 그자 냄새가 나서 말이야."

옛 동료를 떠올린 잭이 몸서리쳤다. 그 사이 회색 늑대인간이 덤벼들었다. 발치에 있는 돌을 발로 걷어찬 잭이 훌쩍 뛰어올랐다. 돌을 피하느라 주춤했던 늑대인간의 머리 위로 떨어진 잭은 그의 등 뒤에 올라탄 채 어깨를 깨물었다. 고통에 못 이긴 회색 늑대인간이 몸부림을 치면서 잭을 떨어뜨리려 했지만 잭도 필사적이었다. 비명을 지르던 회색 늑대인간이 잭을 등에 매단 채 바닥을 뒹굴었다. 바닥에 깔린 돌이 우두둑 떨어져나가는 가운데 다시 떨어진 둘은 서로를 바라보며 헉 헉거렸다. 아랫배와 옆구리에 상처를 입은 잭이 헐떡거리며 거리를 쟀다.

"벌써 지쳤나? 뱀파이어?"

"천만에, 늑대 가죽을 어디에 걸어둘까 생각하는 중이었어."

서로 눈빛을 교환한 둘은 전속력으로 충돌했다. 프로레슬링처럼 서로의 손을 잡은 채 힘을 줬다. 서서히 밀리던 잭이 한쪽 무릎을 꿇었다. 회색 늑대인간의 이빨이 목덜미에 거의 닿을 찰나에 잭이 머리로 들이받았다. '퍽' 소리와 함께 회색 늑대인간의 턱이 뒤로 꺾였다. 연달아 박치기를 한 잭이 회색 늑대인간을 끌어안고 있는 힘껏 뛰어올랐다가 떨어졌다. '쿵' 하는 소리가 나면서 자욱한 먼지와 함께 땅이 깊숙이 파였다. 도로 위에서 지켜보던 고노미가 비명을 지르기 시작했다. 잠시 후 먼지가 가라앉았다. 깊이 파인 구덩이에서 상처투성이 잭이 엉금엉금 기어 나왔다.

"잭! 괜찮아요?"

피투성이 잭을 본 고노미는 가드레일을 넘어서 언덕 아래로 내려왔다. 그때였다. 구덩이 밖으로 기어 나오던 잭의 발목이 늑대인간의 손에 덥석 잡히고 말았다. 한쪽 눈과 귀를 다쳐 피투성이가 된 회색 늑대인간은 비명을 지르며 언덕을 내려오는 고노미에게 시선을 고정했다.

"인간을 옆에 두고 있군. 뱀파이어들은 왜 먹잇감을 사랑하는 거지?"

잭을 휙 잡아당겨서 다시 구덩이에 처넣은 회색 늑대인간이 몸을 일으켰다. 회색 늑대인간은 피로 더러워진 몸을 한 번 털더니 고노미를 향해 전력 질주했다. 언덕을 내려가던 고노미는 자신을 향해 덤벼드는 늑대인간을 보고는 그대로 얼어붙었다. 고노미를 노린 회색 늑대인간이 마지막 도약을 하는 순간 구덩이를 빠져나온 잭이 포효하면서 그 앞을 가로막았다. 회색 늑대인간의 이빨이 잭의 어깨에 박혔다. 그 순간 잭의 송곳니가 늑대인간의 목덜미를 파고들었다. 서로를 문 채 '크르렁'거리며 어깨로 밀쳐대던 둘은 약속이나 한 듯 한꺼번에 쓰러져 계곡 아래로 굴러 떨어졌다. 잠시 후 몸을 일으킨 것은 회색 늑대인간이었다. 그 광경을 보고 고노미는 언덕 위로 허겁지겁 도망쳤다. 고노미의 뒷모습을 보던 회색 늑대인간이 잭에게 말했다.

"도망치는군."

"그녀를 놔줘."

"원래는 널 죽이지 말고 살려두라고 했지만 둘 다 죽일 거야. 우선, 저 여자를 먼저 죽이고. 그다음은 너야."

"전사가 되고 싶다면서 여자를 죽일 셈이야?"

"오랜만에 피맛을 보니까 기분이 좋아서 말이야. 대신 고통 없이 죽여준다고 약속하지."

"넌 내 상대가 안 돼. 나부터 처리하는 게 좋을걸."

잭이 비틀거리며 일어나는 회색 늑대인간을 붙잡으려고 안간힘을 썼다. 하지만 역부족이었다. 기운을 차린 늑대인간은 부르릉거리는 소리와 함께 차가 멀어지는 소리를 듣고 걸음을 재촉했다. 가드레일을 훌쩍 넘어간 늑대인간이 차가 사라진 방향 쪽으로 속도를 높이려는 찰나 눈앞에 헤드라이트가 켜졌다. 늑대인간은 그대로 얼어붙었다. 그 순간을 기다리던 고노미가 있는 힘껏 엑셀을 밟았다. 차는 화살처럼 튕겨나가 회색 늑대인간을 들이받았다. 허공으로 날아간 늑대인간은 계곡으로 굴러 떨어졌고, 차는 가드레일을 들이받고 멈춰 섰다. 잭이 쓰러져 있는 곳으로 굴러간 늑대인간이 아랫배에 박힌 나뭇가지를 내려다보며 허탈하게 웃었다.

"이런, 뱀파이어를 셋이나 죽인 내가 고작 인간 여자한테 당하다니. 누가 물어보면 자네 손에 죽었다고 해줄 텐가?"

"그러지."

"고마워. 사실 여자는 죽일 생각이 없었어. 여기 데려와서 내가 널 죽이는 걸 지켜보게 할 작정이었지."

"역시 늑대인간도 인간처럼 쓸데없는 짓을 한단 말이야."

회색 늑대인간이 피를 토하면서 대답했다.

"큭. 감히 날 인간에 비교하다니, 기운만 있다면 한 대 더 갈겨줄 텐데. 이제 늑대인간의 최후를 즐겨야겠군. 즐거운 싸움이었네. 뱀파이어."

비틀거리며 몸을 일으킨 잭이 회색 늑대인간의 목덜미를 물었다. 있는 힘껏 포효한 회색 늑대인간이 축 늘어지자 잭도 그 옆에 드러누웠다. 가드레일을 들이박은 차를 뒤로 뺀 뒤 고노미는 언덕을 뛰어내려왔다. 정신없이 내려와 누워 있는 잭을 흔들었다.

"괜찮아요? 눈 좀 떠봐요!"

"어지럽잖아. 무슨 여자가 이렇게 힘이 세."

눈을 뜬 잭이 투덜거렸다.

"일어날 수 있겠어요? 내가 부축할게요."

"날 데리고 저기까지 올라가려고? 쓸데없는 소리 그만하고 너나 가."

"나만 가라고요?"

"난 이렇게 좀 누워 있으면 괜찮아질 거야."

255

"절대 그럴 수 없어요. 조금만 기운을 내봐요."

"이 친구를 누가 데리고 왔겠어? 날 죽이려고 했든, 아니면 겁을 줘서 꼼짝 못하게 하려고 했든, 그들은 널 가만두지 않을 거야. 난 뱀파이어야. 이 정도 상처는 금방 회복되니까, 어서 도망가."

고노미는 펑펑 울면서 피범벅이 된 잭의 이마에 입을 맞추고 몸을 일으켰다.

아침 해가 떠오를 무렵, 김 변호사와 진혜린, 전성호는 부서진 가드레일 옆에 서서 절벽 아래를 내려다봤다. 견인차 기사가 가드레일을 받은 채 멈춰선 차를 견인하려고 이것저것 준비하고 있었다. 결속장치를 확인한 견인차 기사가 껌을 씹으며 운전석에 올랐다. 순간 전화벨이 울렸다.

"네, 세창 견인입니다. 어디로요? 곤란한데요. 원래 사고가 난 견인차는 일단⋯ 네, 정말이요? 알겠습니다. 그럼 요양원으로 가지고 가겠습니다. 어딘지는 압니다. 나중에 딴 얘기 하지 마세요."

신이 난 견인기사는 차를 몰고 사라졌다. 그 사이 핸드폰으로 통화를 끝낸 김 변호사가 진혜린에게 말했다.

"늑대인간 시체는 짐승이 차에 치인 걸로 처리했습니다."

"잭은요?"

"사라졌습니다."

"싸운 흔적은 있고, 늑대인간 시체도 있는데 잭이 없어졌다면 그가 이긴 거군요. 장담한 것과 다른 결과가 나왔는데 이제 어쩌죠?"

선글라스를 벗은 진혜린이 묻자 김 변호사가 어깨를 으쓱거렸다.

"잭이 제대로 이겼다면 지금쯤 우리 앞에 나타났겠죠. 싸운 흔적과 피로 봐서는 잭도 심하게 다친 것 같습니다."

"잭이 다쳤다고 해도 우리가 이길 수 있을 것 같아요?"

"제 차에 석궁이랑 엽총을 실어 왔습니다. 보통 때라면 모르겠지만 심하게 다쳤다면 은총알이나 은화살촉이 효과를 볼 겁니다."

"지금 잭을 죽이자는 얘긴가요?"

"일이 이렇게 된 이상 잭을 살려두면 우리 목숨만 위태로워집니다. 잭과 그렇게 오래 지냈으면 아실 때도 됐잖습니까."

"아직은 살려둬야 해요."

"펜던트를 믿고 하는 얘기라면 포기하세요."

둘의 설전이 계속되는 동안 전성호가 초조한 얼굴로 끼어들었다.

"이제 우린 어떡합니까? 잭이 나타나면 우린 다 죽은 목숨이잖아요."

"그냥 죽으면 다행이겠지. 어쩌면 죽는 게 차라리 더 나을 수 있는 상황이 닥칠 수도 있어."

김 변호사의 말에 전성호는 사색이 되었다.

"이제 어떻게 하면 되죠?"

"어떻게든 되겠지. 기도나 해."

진혜린이 짜증난다는 듯한 말투로 대답했다. 멍한 얼굴로 있던 그가 갑자기 생각났다는 듯 중얼거렸다.

"맞아! 마늘과 십자가가 있어야 해. 서점에 가서 성경책도 사고. 말뚝은 어디에서 사야 하나요?"

"어휴!"

횡설수설하는 전성호를 바라보던 진혜린이 짜증을 냈다. 반면 김 변호사는 냉정함을 유지했다.

"둘이 타고 나간 차는 여기 남아 있는데 고노미와 잭, 둘 다 사라졌습니다. 어디 멀리 가진 않았을 테니까 주변을 찾아보는 게 좋겠습니다. 일단 찾은 다음에 설득을 하든 죽이든 하죠. 시간이 흘러서 잭이 기운을 차리면 둘 다 어려워집니다."

"맞아요. 차가 없으니까 멀리 가진 못했을 거예요."

진혜린은 다시 선글라스를 끼고서 벌벌 떨고 있는 전성호의 뒤통수를 때렸다.

"뭐 해? 안 따라오고."

세 사람이 차를 타고 현장을 떠난 직후 견인차도 출발했다.

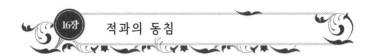

16장 적과의 동침

"무슨 소립니까? 차를 가져오면 돈을 두 배로 준다고 하셨
잖아요."

견인차 기사는 그런 전화를 한 적 없다는 김 원장의 말에
펄펄 뛰었다.

"가뜩이나 차가 이 꼴이 된 것도 짜증나는데 하지도 않은
전화를 했다고 우기다니. 아이고, 열 받아! 아니지. 마음평화
행복! 마음평화행복! 마음평화행복!"

"사이비 주문 같은 거 그만 좀 외우고 돈이나 내놔요."

견인차 기사와 김 원장이 옥신각신하는 사이 트렁크가 살
짝 열리더니 잭과 고노미가 빠져나왔다. 고노미는 조심스레
주위를 살핀 뒤 잭을 부축하여 자신이 갇혀 있던 2층 통나무

집으로 향했다. 다행스럽게도 문은 잠겨 있지 않았다. 잭을 2층 침실 침대에 눕히고 상처를 살펴보았다. 흐르던 피가 멈추고 아까보다 나아진 것 같았지만 여전히 열이 높았고 몸도 제대로 가누지 못했다.

"어쩌지. 의사를 부를 수도 없고."

"어, 언제 다시 돌아왔어요?"

어찌할 바를 모른 채 발발 동동 구르던 고노미는 등 뒤에서 들려오는 목소리에 화들짝 놀랐다. 김정은 보호사가 호기심 가득 찬 눈으로 잭과 고노미를 쳐다보고 있었다.

"아까 차 빌려 타고 같이 나간 사람 맞죠?"

"네, 가다가 사고가 났어요. 아니. 운전하다가 갑자기 브레이크가 고장 나서 나무에 부딪쳤어요."

"어머나, 구급차부터 부르는 게 낫겠어요."

"제발, 아무한테도 말하지 말아주세요. 사실 여기 온 것도 이 사람 만나지 말라고 부모님이 보낸 거예요. 부모님이 알면 난리 나요."

고노미는 속으로 태연스럽게 거짓말을 하는 자신에게 감탄했다. 다행스럽게도 그녀도 믿는 눈치였다.

"그럼 일단 치료부터 할게요."

"의사는 안 돼요."

"알았어요. 우선 상태부터 보고 생각해요."

서랍장에서 구급 약상자를 꺼낸 김정은 보호사는 침대에 누운 잭의 배를 이곳저곳 눌러보고, 상처를 소독하고 체온을 재더니 약을 먹였다. 한숨 돌린 고노미는 창밖을 내다봤다. 말다툼이 끝났는지 견인차가 돌아가고 김 원장이 엉망이 된 차를 끌어안고 우는 모습이 보였다.

"대체 어디로 숨어버린 거죠? 샅샅이 뒤져봤는데 없잖아요."

은촉으로 된 화살과 석궁을 든 전성호가 투덜거렸다.

"해가 떨어지고 있어. 일단 수색을 멈추고 돌아가는 게 났겠어."

숲 사이로 떨어지는 해를 쳐다본 진혜린이 말했다.

"그러는 게 좋겠습니다."

김 변호사까지 동의하자 세 사람은 도로에 세워진 차로 돌아갔다. 제일 뒤에 있던 전성호는 자꾸만 뒤를 돌아보고 있었다.

"왜?"

앞장선 진혜린이 묻자 전성호가 고개를 갸웃거렸다.

"꼭 누가 지켜보고 있는 것 같아서요. 그런 거 있잖아요. 목덜미가 쭈뼛거리는 그런 느낌."

"쓸데없는 소리 좀 그만하고 빨리 내려와. 안 그러면 버리고 간다."

진혜린의 말에 찔끔한 전성호가 허둥지둥 내려왔다. 차에 탄 전성호가 한숨을 돌리는 사이 김 변호사가 시동을 걸며 말했다.

"이상하지 않습니까? 잭은 크게 다친 게 분명하고 차도 고장 나서 그대로 있었는데 대체 어디로 사라진 걸까요?"

"지나가는 차를 타고 시내로 들어가지 않았을까요?"

차 문을 닫고 한숨을 돌린 전성호가 대답했지만 김 변호사가 고개를 저었다.

"근처 병원을 다 확인해봤는데 입원한 사람은 없었어. 여긴 외국인이 잘 보이는 곳이 아니라서 어떻게든 눈에 띄었을 텐데 말이야."

"그건 내일 다시 생각해보기로 해요. 그나저나 어디서 머물 거죠?"

"마음평화행복 요양원으로 갈 겁니다."

진혜린의 물음에 짧게 대꾸한 김 변호사가 차를 출발시켰다.

"일단 소독은 했는데 상태가 나아지지 않으면 아무래도 큰 병원에 가는 게 좋겠어요."

손등으로 이마의 땀을 훔친 김정은 보호사가 말했다.

"내일 떠날게요. 그때까지만 모른 척해주세요."

고노미의 애원에 김정은 보호사가 어깨를 으쓱거렸다.

"좋아요. 대신 불 켜놓지 말고 있어요."

김정은 보호사가 나가고 한숨을 돌린 고노미는 의자를 창가 쪽으로 옮겨 났다. 불은 켜지 못하지만 달빛이 환한 탓에 어둡지 않았다. 잭은 여전히 의식이 없는 상태였다. 고노미가 낑낑대며 자신을 끌어올리려는 것을 본 잭은 마지막 힘을 써서 도로까지 올라오고는 그대로 뻗어버렸다. 차가 말썽을 부리자 고민하던 고노미는 핸드폰으로 사고가 났다는 신고를 하고, 잭과 함께 트렁크 안으로 들어갔다. 트렁크 문을 살짝 열고 기다렸다가 제일 먼저 온 견인차의 전화번호로 다시 전화를 해서 마음평화행복요양원으로 보내달라고 얘기했다. 어떻게 그런 상황에서 머리를 굴렸는지 모르지만 지금까지는 성공이었다. 창가에 앉아서 별 생각 없이 바깥을 바라보고 있던 고노미에게 한 줄기 빛이 요양원 쪽으로 다가오는 것이 보였다. 본관 문이 열리고 김 원장이 허겁지겁 뛰어나오는 것도 보였다.

"어이구, 이렇게 연락도 없이 웬일이십니까?"

"김 원장이 허락도 없이 내 환자를 내보내서 왔습니다."

정중하지만 뼈 있는 김 변호사의 말에 김 원장이 연신 고개를 조아렸다.

"제가 귀신에 홀렸나봅니다. 마음평화행복."

"하룻밤 머물 건데 쉴 만한 곳이 있겠습니까?"

"가만 있자…. 다른 곳은 환자들이 있고, 빈 곳이 딱 한 군데 있습니다."

김 원장이 숲 너머로 보이는 2층짜리 통나무집을 가리켰다.

"남자 분들은 1층, 여자 분은 2층에서 주무시면 될 것 같습니다. 아니면 여자 분은 우리 가족이랑 본관에서 주무셔도 되고요."

"저쪽 집을 쓰죠."

"문은 열려 있으니까 그냥 들어가시면 됩니다. 제가 안내해드리죠."

고노미는 김 원장이 세 사람을 이쪽으로 데려오는 걸 보고 그대로 굳어버렸다.

"맙소사. 어떡하지?"

혹시나 해서 잭을 흔들어보았지만 꼼짝도 하지 않았다. 서둘러 1층으로 내려가 신발을 가지고 올라왔다. 고노미가 계단을 거의 올라갈 즈음, 문이 열리는 소리가 들렸다.

"여깁니다. 저쪽이 1층 화장실이고, 부엌은 저쪽입니다. 이쪽이 2층으로 올라가는 계단입니다."

세 사람은 김 원장을 따라 2층으로 올라갔다.

"여기가 2층 침실입니다."

김 원장이 침실 문을 활짝 열어젖혔다. 고개를 빼서 안을 들여다보던 진혜린이 한마디 했다.

"뭐, 하루 잘 거니까 이 정도면 상관없을 것 같네요. 침대 시트가 정리가 잘 안 된 것 같긴 한데…."

"어이구, 정리해두라고 했는데 잊어버렸나 봅니다."

"괜찮아요. 내일 아침에 일찍 깨워주세요."

"알겠습니다. 그럼 푹 쉬세요. 마음평화행복…."

몇 번이고 고개를 조아린 김 원장이 밖으로 나가자 세 사람은 침대에 걸터앉아 얘기를 나눴다.

"이제 어쩌죠? 잭이 얼마나 다쳤는지 모르겠지만 시간을 오래 끌면 회복될 게 뻔해요."

진혜린의 말에 김 변호사가 고개를 끄덕거렸다.

"차가 망가졌으니까 멀리 못 갔을 겁니다."

"그나저나 너무 태연하시군요. 혹시 다른 계획을 가지고 있는 건가요?"

진혜린의 추궁에 김 변호사는 고개를 저었다.

"우린 같은 운명입니다. 당신이야말로 혼자 빠져나갈 생각은 안 하는 게 좋을 겁니다. 여차하면 펜던트를 다시 갖지 못하게 될 테니까요."

"좋아요. 그런데 펜던트는 어디 있죠? 잘 보관해야 할 거예요."

"안전한 곳에 보관 중입니다. 제가 아니면 못 찾는 곳이죠. 그럼 안녕히 주무세요."

정중하게 인사한 김 변호사가 전성호와 함께 아래층으로 내려가자 혼자 남은 진혜린은 옷을 벗고 잘 준비를 했다. 침대에 누우려다 말고 진혜린이 고개를 갸우뚱했다. 발치에 구급약 상자가 있었기 때문이다. 고노미는 옷장 속에 몸을 숨긴 채 숨을 죽이고 지켜보았다. 진혜린이 구급약 상자를 열었다. 피 묻은 붕대들이 있었다. 진혜린은 눈살을 찌푸리면서 화장실로 들어갔다. 옷장 안에 숨어서 진혜린의 일거수일투족을 지켜보던 고노미가 갑자기 눈을 반짝거렸다. 진혜린이 침대 옆 탁자에 뭔가 놓고 들어갔기 때문이다. 간단히 씻고 나온 진혜린은 불을 켜고 침대에 누웠다. 고노미도 옷장 안에 쭈그리고 앉아 잠이 들었다.

　다음 날 잠에서 깬 고노미는 문 틈으로 동정을 살폈다. 진혜린도 잠에서 깼는지 기지개를 켜고 있었다. 문을 두드리는 소리와 함께 전성호의 목소리가 들렸다.

　"혜린 씨. 식사하러 가시죠."

　"알았어요. 금방 내려갈게요."

　진혜린은 주섬주섬 옷을 챙겨 입고 간단히 씻은 후 밖으로 나갔다. 고노미는 조심스럽게 문을 열고 밖으로 기어 나왔다. 살짝 창밖을 보니 세 사람이 본관 쪽으로 걸어가고 있었다. 고노미는 얼른 침대 밑에 숨겨둔 잭의 상태를 살폈다.

　"잭! 괜찮아요?"

　"진혜린이 하도 코를 크게 골아서 한숨도 못 잤어."

　어느 정도 기운을 차렸는지 잭이 농담을 했다.

　"움직일 수 있겠어요? 밥 먹으러 갔으니까 지금 빠져나가야 해요."

　"부축해줄 수 있어?"

　침대 밖으로 나온 잭의 말에 고노미가 손을 내밀었다.

　"용감하군. 며칠만 더 쉬면 제 컨디션으로 돌아올 것 같아. 그럼 세 사람을 어떻게 처리할지 궁리해보자고."

"일단 빠져나간 다음에 생각해요."

돌계단을 내려가던 세 사람은 김 원장의 환대를 받았다.

"푹 주무셨습니까? 이쪽으로 오시죠."

김 원장을 따라 본관 쪽으로 가던 김 변호사가 건물 옆에 있는 부서진 차를 보고 걸음을 멈췄다.

"저 차, 김 원장 차였습니까?"

앞장서던 김 원장이 돌아서서 대답했다.

"네, 제가 정말 귀신한테 홀렸는지 차까지 줬지 뭡니까? 뽑은 지 1년도 안 되고 할부도 아직 안 끝났는데 말이죠."

"그런데 폐차장으로 안 가고 왜 여기 있는 겁니까?"

"어, 그러니까 견인차 기사가 여기로 가지고 오면 견인비를 두 배로 준다는 전화를 받았답니다. 전 그런 전화를 한 적이 없거든요. 목소리가 여자라고 해서 집사람이랑 딸한테도 물어봤는데 안 했다고 하더라고요. 이상하긴 하지만 어쨌든 차를 가지고 왔으니 놓고 가라고 했죠."

김 원장의 설명을 들은 김 변호사가 부서진 차 쪽으로 걸어갔다. 차를 꼼꼼하게 살펴보던 김 변호사가 반쯤 열린 트렁크 앞에 서서 두 사람을 불렀다.

"여길 보세요. 안에 핏자국이 가득합니다."

"무슨 소리예요. 배고픈데 빨리 밥이나 먹으러 갑시다."

전성호의 채근에 김 변호사가 짜증을 냈다.

"이게 무슨 뜻인지 모르겠어? 여기 고노미랑 잭이 숨어 있었단 얘기야. 여기 숨어 있다가 견인차 기사한테 전화해서 이 요양원으로 끌고 오게 한 거라고."

김 변호사의 말에 전성호가 소스라치게 놀랐다.

"그러니까 두 사람이 여기 있다는…."

"석궁이랑 총 가져와. 어서!"

김 변호사의 말에 전성호가 허둥지둥 차로 뛰어갔다. 그 사이 진혜린이 어리둥절해 하는 김 원장에게 물었다.

"여기 그 두 사람이 머물 만한 빈 집이 있어요?"

"아뇨. 세 분이 머문 곳만 비어 있었는데요. 다른 곳은 환자들이 다 쓰고 있습니다."

"어제 침대 발치에서 피 묻은 붕대가 있는 구급약 상자를 봤어요. 손대기 싫어서 그냥 수건으로 덮었는데."

김 원장의 설명을 들은 진혜린이 김 변호사에게 말했다.

"적과의 동침을 한 셈이군요."

김 변호사가 비아냥거리며 전성호가 가져온 엽총을 넘겨받았다. 석궁의 시위를 당기고 은촉이 달린 화살을 끼운 전성호가 먼저 행복관으로 가고 두 사람도 따라갔다.

잭을 부축한 채 현관문을 열고 나오던 고노미는 세 사람과 마주쳤다. 엽총을 겨눈 김 변호사가 말했다.

"생각보다 똑똑하군요. 고노미 씨. 하마터면 놓칠 뻔했어요."

의기양양한 김 변호사에게 잭이 으르렁거렸다.

"지금이라도 무릎을 꿇고 용서를 빌면 고통 없이 죽여주겠어."

"미안하지만 큰 소리 칠 처지는 아닌 것 같은데? 얌전히 있게나, 잭. 안 그러면 저 여자가 위험해질 거야."

김 변호사의 협박에 잭이 송곳니를 드러낸 채 포효했다. 양쪽의 다툼을 지켜보던 고노미가 말했다.

"둘 다 그만둬요. 당신들이 원하는 게 뭔지 말해봐요."

고노미의 말에 진혜린이 제법이라는 표정을 지었다.

"우리도 피를 볼 생각은 없어. 잭이 우리를 도와주기만 하면 돼."

"원하는 게 난가? 순순히 따라가주지. 고노미는 보내줘."

"안 돼요. 잭은 지금 상태가 좋지 않아요. 우선 치료해야 해요."

"눈물 나는데. 그동안 둘이 정이 많이 들었나보네. 좋아. 널 인질로 잡고 잭을 조종하면 되겠어."

진혜린의 눈짓에 전성호가 석궁을 옆구리에 끼고 고노미를 붙잡았다. 분노한 잭이 으르렁거렸지만 고노미가 만류했다.

"그러지 말아요."

양쪽의 협상을 지켜보던 김 변호사가 버럭 화를 냈다.

"지금 잭을 그냥 보내줄 생각입니까? 미쳤어요?"

"우린 아직 잭이 필요해요."

진혜린의 대꾸에 김 변호사가 고개를 저었다.

"그건 당신 생각이고. 난 여기서 결판을 내야겠습니다."

"역시 김 변호사님하고 저하고는 맞지 않는군요. 잠시나마 행동을 같이했던 게 한계였네요. 그동안 수고했어요."

진혜린이 눈짓하자 품에서 전기 충격기를 꺼낸 전성호가 김 변호사의 등을 찔렀다. 갑작스러운 기습에 김 변호사는 그대로 쓰러져버렸다.

"후회할 겁니다."

굳어가는 혀로 김 변호사가 말했다. 진혜린은 펜던트를 꺼내 목에 걸면서 의기양양하게 대꾸했다.

"미안하지만 믿을 사람을 믿었어야죠. 성호 씨가 김 변호사님이랑 같은 배를 탔다고 생각했나요? 펜던트를 성호 씨한테 맡기다니 날 너무 우습게 봤어요."

진혜린이 전성호와 가볍게 입맞춤을 하는 모습을 지켜본 김 변호사는 허탈하게 웃으며 기절해버렸다. 펜던트를 치켜든 진혜린이 잭에게 말했다.

"잭! 나와 성호 씨를 해치지 말고, 일단 말이나 잘 들어."

"고노미를 해치지 않는다면."

잭이 침울하게 대꾸하자 진혜린이 대답했다.

"그거야 어렵지 않지. 그럼 이쯤에서 헤어지지. 다음 주에 성호 씨 사무실로 와. 계약서를 다시 써야 하니까."

잭이 고개를 끄덕거렸다.

"잠깐만, 잭이랑 작별인사 하게 해줘요. 네?"

전성호에게 붙잡힌 고노미가 애원하자 진혜린이 잠깐 생각하더니 고개를 끄덕였다. 전성호의 팔을 뿌리친 고노미가 잭에게 다가갔다.

"얼른 집으로 돌아가요. 평소처럼 푹 쉬면 금방 나을 거예요."

고노미는 잭의 어깨를 잡고 오랫동안 키스를 나누었다. 따뜻한 격려와 위로, 그리고 깊은 애정을 전하는 것 같았다. 한참 후 잭의 품에서 떨어지며 고노미가 나지막하게 말했다.

"잭, 당신은 인간이 아니에요. 뱀파이어예요. 뱀파이어라는 걸 잊지 말아요."

"눈물 나는군. 이제 그만 좀 하지."

진혜린이 두 사람을 쳐다보며 말했다. 고노미의 눈길을 외면한 잭이 고노미의 팔을 잡고 데려가는 전성호를 쏘아봤다.

"잘 데리고 가라고, 고노미한테 무슨 일 생기면 가만두지 않을 테니까."

"물론이지. 우리한테도 귀중한 존재인걸."

진혜린은 고노미의 다른 쪽 팔을 잡고, 계단에 쓰러져 있는 김 변호사에게 말했다.

"당신은 해고야! 잭이 당신한테 분풀이를 할 테니까 마음껏 즐기라고."

진혜린과 전성호, 고노미가 차에 타는 순간, 잭의 고함소리와 김 변호사의 비명소리가 동시에 울려 퍼졌다.

17장 모든 일은 끝에서 시작된다

"자, 지금부터 잭 씨와 HS엔터테인먼트의 전속계약 관련 기자회견을 하겠습니다."

새 양복을 쫙 빼입은 전성호의 말이 끝나기가 무섭게 카메라 플래시가 터졌다. 큼지막한 선글라스를 끼고 펜던트를 목에 건 진혜린이 쉴 새 없이 웃는 반면 옆에 앉은 잭은 내내 무표정이었다.

"그동안 신비주의 콘셉트로 활동하셨는데요. 앞으로도 유지하실 건가요?"

"아닙니다. 앞으로는 적극적으로 언론에 모습을 드러낼 것입니다. 물론 우리 회사도 최선을 다해서 지원할 생각입니다."

잭이 침묵을 지키고 있는 사이 전성호가 대답했다.

"앞으로의 활동 계획은 어떻습니까?"

다른 기자의 질문에도 전성호가 대신 대답했다.

"지금 영화와 드라마 출연 제의가 쏟아지고 있지만 차기작은 신중을 기할 생각입니다."

"잭 씨한테 묻겠습니다. 어이없을 정도로 기간이 길고 계약금도 형편없는데도 계약한 이유가 뭡니까?"

"다른 이유는 없습니다. 우린 서로를 파트너로 생각하고 있습니다."

전성호가 서둘러 말을 쏟아냈다. 잭은 여전히 침묵을 지켰다.

"잭 씨께서는 한 마디도 안 하시네요. 한 말씀 부탁드리겠습니다."

기자들의 채근에 잭이 천천히 자리에서 일어났다. 기자들을 한 번 쓱 쳐다본 그가 입을 열었다.

"HS엔터테인먼트를 진정한 제 파트너로 생각하고 있습니다. 앞으로도 좋은 관계를 유지할 생각입니다."

짧게 대답한 잭이 도로 자리에 앉았다. 뒤로 몇 가지 질문과 대답이 이어지고 기자회견이 끝났다. 기자들이 모두 나간 뒤 잭도 피곤하다면서 자리를 떴다. 전성호는 유리 진열장에서 로얄샬루트를 꺼내 잔에 반쯤 따라 진혜린에게 건넸다.

"일이 이렇게 쉽게 풀릴 줄 몰랐습니다. 다 혜린 씨 덕분입니다."

"그렇지. 이제 뜨는 일만 남았어."

"내일쯤 투자자와 미팅이 있는데 같이 갈래요? 그쪽만 잘 잡으면 이제 탄탄대로죠. 다음 CF에는 잭이랑 같이 출연하는 게 어때요?"

"그거보다 드라마가 낫지 않을까?"

둘의 대화는 전성호의 핸드폰이 울리면서 끝났다. 액정에 뜬 번호를 확인한 전성호가 굽실거리며 전화를 받았다.

"나 회장님. 어쩐 일이십니까? 네?"

기분 좋게 전화를 받던 전성호의 얼굴이 그대로 굳어졌다.

"그게 무슨 말씀이십니까? 노예 계약이라니요? 잭이 직접 말했다고요? 그럴 리가요? 제가 옆에 있었는데요."

화들짝 놀란 전성호가 서둘러 컴퓨터를 켰다. 포털사이트 연예란은 하나같이 '신비주의 영화배우 잭, 부당계약을 폭로하다.' '잭, 노예계약의 진실을 밝히다.'라는 제목의 기사들로 도배되어 있었다. 전성호가 비명을 지르자 뒤늦게 화면을 본 진혜린이 이를 갈았다.

"잭이 기자들한테 최면을 건 모양이야. 곱게 안 넘어가겠다, 이거지?"

"이제 어떡하죠? 난 망했어요."

"어떡하긴, 누가 주인인지 제대로 알려줘야지. 고노미는 지금 어디 있지?"

"조폭 형님들이 데리고 있어요."

"전화해서 데리고 오라고 해. 잭이 보는 앞에서 뼈 한 군데쯤 부러뜨려놓으면 정신을 차릴 거야."

"알겠습니다."

기운을 낸 전성호가 전화를 걸었다.

"진수 형님? 저 성호입니다. 지난번에 맡긴 여자요, 잘 있습니까? 네, 쓸 일이 있어서 서울로 좀 데리고 와주세요. 지금 당장이요."

통화를 끝낸 전성호가 한숨 돌린 표정으로 진혜린을 쳐다봤다. 진혜린은 온데간데 없었다.

"창식아! 빨리 출발해."

낡은 모텔에서 꽁꽁 묶인 고노미를 끌고 나온 콧수염이 대기하고 있던 차에 그녀를 우악스럽게 밀어넣고 소리쳤다. 그런데도 차가 출발할 기미를 보이지 않자 버럭 화를 냈다.

"시간 없다니까!"

운전석에 앉아 있던 남자는 대답 대신 차에서 내려 콧수염

앞에 섰다.

"너, 누구야?"

"잭."

잭의 번개 같은 어퍼컷에 콧수염이 그대로 나가떨어졌다. 결박당했던 고노미가 잭을 보고 눈물을 글썽거렸다.

"잭, 다시는 못 보는 줄 알았어요."

"팬클럽 회장이 힘 좀 써줬어."

결박을 풀어준 잭이 싱긋 웃으며 골목길 입구를 쳐다보았다. 입구에서 망을 보던 사채업자 남씨가 쑥스러운 표정으로 인사했다.

전성호의 사무실에서 나온 진혜린은 얼른 집으로 돌아가 금고에 넣어두었던 귀중품들을 가방에 챙겼다. 김 변호사가 관리하던 재산도 다 정리해서 스위스 은행에 넣어둔 상태였다.

"만약을 대비하긴 했는데 이렇게 빨리 움직일 줄은 몰랐지. 안녕! 내 드레스, 구두, 핸드백! 너희는 데리고 갈 수 없어."

짐을 챙긴 진혜린은 펜던트를 꼭 쥔 채 밖으로 나갔다.

고노미와 잭이 문을 열고 들어서자 책상에 걸터앉아서 술을 홀짝거리고 있던 전성호가 피식 웃었다.

"어서 와. 진수 형이 전화 안 받는 거 보고 대충 짐작했지. 꽁꽁 숨겨놨는데 어떻게 찾은 거야?"

"체취로."

"체취?"

전성호의 반문에 잭이 장난스럽게 대꾸했다.

"고노미만의 특이한 체취가 있거든. 어디서든 찾아낼 수 있는…."

"잭! 이건 날아왔다는 것보다 더 재미없어요."

"어쨌든 저질러 놓은 게 있으니 용서해달라는 말은 안 할 게. 그냥 고통 없이 죽여줘."

남은 술을 다 비운 전성호의 말에 잭이 껄껄거렸다.

"나를 피에 굶주린 괴물쯤으로 생각하는데, 나는 순결한 혈통을 가지고 있어. 귀족이라고."

의아한 표정을 짓는 전성호에게 덧붙였다.

"아까 기자들한테 몇 가지 최면을 더 걸어놨어. 그러니까 열심히 수습해보라고."

멍한 얼굴로 두 사람을 지켜보던 전성호는 컴퓨터 모니터를 들여다보고 비명을 질렀다. 잭과 노예계약을 해서 물의를 빚은 연예기획사 대표가 연예인 지망생들을 성추행하고, 방송국에 뒷돈을 줬다는 기사들이 포털을 도배 중이었다. 물론 그의 본명은 나오지 않았지만 이미 검색어에 그의 이름이 올라와 있었다.

"그럼 수고해."

윙크를 한 잭이 고노미와 함께 밖으로 나가려고 하자 절망감에 빠진 전성호가 서랍에서 칼을 꺼내들고 덤벼들었다. 비명을 지르는 고노미를 뒤로 밀친 잭이 전성호를 쏘아봤다. 멈칫한 전성호가 천천히 칼을 내려놓고는 자리에 앉았다.

"뭘 한 거예요?"

"그냥 잠시 쉬라고 했어. 이제 수습하느라 머리 깨나 아플 텐데 잠시 쉬는 것도 좋잖아."

고노미가 묻자 잭이 별거 아니라는 듯 대답했다.

허겁지겁 택시에서 내린 진혜린은 곧장 공항 안으로 들어섰다. 평일 오후라서 그런지 사람들은 별로 보이지 않았다. 진혜린은 항공사 부스에 들러 전화로 예약해둔 비행기 티켓을 찾은 다음 시간을 확인하고 그제야 안도의 숨을 쉬었다. 게이트 쪽으로 가던 진혜린이 기다리고 있던 누군가를 보고 부들부들 떨었다.

"김… 변호사? 죽은 줄 알았는데, 어떻게…?"

"잭이 당신을 속여야 하니까 비명을 크게 지르라고 하더 군요."

김 변호사가 대수롭지 않은 표정으로 대답했다. 한 걸음 뒤로 물러난 진혜린이 목에 건 펜던트를 움켜쥐면서 말했다.

"본인이 직접 내 앞에 나타나면 펜던트 때문에 해치지 못하니까 당신을 대신 보냈군요. 이, 이봐요. 다시 힘을 합치는 게 어때요? 아마 나 다음에는 당신 차례일걸요."

"잭과 화해했습니다. 저처럼 유능한 변호사는 구하기 어려운 법이거든요."

"그래서 심부름꾼 노릇을 하는 건가요? 이렇게 당신이 경고하고 돌아서면 잭이 나타나겠군요."

진혜린의 비아냥을 들은 김 변호사가 품속에서 봉투 하나를 꺼냈다.

"심부름은 맞지만 잭은 당신을 만나지 않을 겁니다. 비행기 타고 가실 때 읽으라고 하더군요. 뭐, 그전에 읽어도 상관없다고 했지만 말입니다."

진혜린이 미심쩍은 눈길을 던졌다.

"무슨 꿍꿍이죠?"

"저보다 잭을 더 잘 안다고 하지 않으셨나요? 참, 스위스 은행에 넣어두었던 돈은 제가 회수했습니다."

"뭐라고?"

"본인 이름으로 안 한 건 잘 하셨지만 믿을 사람을 믿으셨어야죠."

씩 웃은 김 변호사가 망연자실해하는 진혜린을 두고 돌아섰다. 잠깐 고민하던 진혜린은 비행기 탑승을 재촉하는 안내방송을 듣고 서둘러 그쪽으로 뛰어갔다. 초조하게 줄을 서서 기다리던 진혜린은 편지의 내용이 궁금해졌다. 사람들이 늘어선 줄을 대충 가늠해보고서 진혜린은 봉투를 뜯었다. 잠시 후 진혜린은 공항이 떠나갈 만큼 큰 소리로 비명을 질렀다.

공항 밖으로 나온 김 변호사는 바깥의 벤치에서 기다리고 있던 두 사람에게 다가갔다.

"편지를 건네줬어. 미리 뜯어봤는지 비명소리가 하늘을 찌르더군."

"고생했어. 이제 슬슬 몰락을 지켜보면 되겠군."

"이참에 두 사람도 외국에 잠깐 나갔다 오는 게 어떨까? 영화도 그렇고 여러 가지로 얼굴이 알려져 있는 상태잖아. 아마 잠시만 나가 있으면 될 거야. 가장 빨리 구할 수 있는 표가 이스탄불로 가는 거라고 해서 방금 2장을 구했어."

잭은 표를 건네받고 김 변호사를 빤히 쳐다봤다.

"그럴까? 이스탄불 떠난 지가 6백 년인데 많이 변했으려나?"

세 사람이 이야기를 나누는 사이 허겁지겁 공항 밖으로 나온 진혜린이 뛰어왔다. 눈물, 콧물로 범벅이 된 그녀가 잭 앞에 무릎을 꿇었다.

"미안, 내가 잘못했어. 제발 날 살려줘. 난 죽고 싶지 않아."

"당장 죽지는 않아. 그러게, 내가 성형수술 같은 거 하지 말라고 했잖아. 몸속에 흐르는 피가 영생의 삶을 누릴 수 있는 원천이었는데 수술한답시고 그걸 다 빼버렸으니 이젠 자연의 법칙대로 늙어가야지."

잭이 혀를 차면서 말하자 진혜린이 손사래를 쳤다.

"정말 몰랐단 말이야. 잘못했으니까 다시 한 번만 피를 줘. 이대로 늙어서 죽고 싶지 않단 말이야."

"어차피 오래 사는 거 지겨워했잖아. 인간들 기준으로는 아직 젊으니까 남은 삶을 열심히 살라고."

잭이 어림도 없다는 듯 대꾸하자 눈물을 멈추고 고개를 든 진혜린이 펜던트를 들이댔다.

"펜던트의 말은 듣겠지! 나에게 피를 줘. 영원히 살고 싶단 말이야."

"미안하지만 거절하겠어. 우리의 피의 결속은 깨졌고, 이제 펜던트는 새로운 주인을 찾았거든."

잭이 고노미를 가리키며 말했다. 어리둥절해하던 진혜린은 잭이 자신과 똑같은 펜던트를 꺼내들자 경악했다.

"지금 혜린 씨가 들고 있는 건 내가 요양원에서 만든 거야. 침대 옆에 잠깐 놔뒀을 때 바꿔치기했어. 잭이랑 작별인사하면서 살짝 건네줬지."

고노미가 담담하게 말하자 진혜린이 이를 갈면서 덤벼들었지만 이내 목덜미를 붙잡히고 말았다. 얼굴이 시뻘게진 진혜린이 억울하다는 듯 말했다.

"어떻게 천 년을 넘게 같이 산 나한테 이럴 수 있어?"

"천 년 동안 받은 건 상처밖에 없어. 그동안 나한테 마음을 준 적은 한 번도 없었지."

"아니 있었어. 죽기 직전에 행복했다고 한 말, 기억 안 나?"

"기억나. 다른 사람을 사랑했었다고 고백한 후였지."

잭이 손을 놓자 진혜린이 털썩 쓰러졌다.

"그 기억 때문에 지금 놓아주는 거야. 두 번은 없어."

쓰러진 그녀를 두고 세 사람이 공항으로 발걸음을 옮기려는 찰나 진혜린이 고노미의 발목을 잡았다.

"이기니까 기쁘지? 얼마 못 갈 거야. 새로운 여자가 나타나면 너도 내 꼴이 될걸?"

고노미는 진혜린에게 잡힌 발목을 조용히 뿌리쳤다.

"천 년 후의 일이겠지. 충고는 고맙지만 난 그렇게까지 오래 살진 못할 거야."

진혜린은 인간이 낼 수 있는 가장 높은 소리로 비명을 질렀다.

공항 안으로 들어온 세 사람의 표정은 홀가분 그 자체였다. 사람들을 헤치고 게이트로 걸어가던 고노미가 화장실 표지판을 보더니 두 사람에게 말했다.

"잠깐 화장실 좀 갔다 올게요."

고노미를 기다리며 서 있던 두 사람 중 먼저 입을 연 것은 김 변호사였다.

"오다가 연락을 받았는데 전성호가 자기 사무실이 있는 빌딩에서 뛰어내렸다는군. 자네 최면 때문인가?"

"그런 최면은 걸지 않았어."

잭의 대답에 김 변호사가 고개를 끄덕거렸다.

"어쨌든 이렇게 끝나는군."

"그러게."

"앞으로 어떻게 할 생각이야?"

"머리 좀 식힌 다음에 결정하지 뭐."

"좋을 대로 해. 나도 잠깐 전화 한 통만 하고 오겠네."

김 변호사까지 핸드폰을 귀에 가져다대며 사라지자 잭만 홀로 남았다. 근처 벤치에 앉아서 두 사람을 기다리던 잭은 또 다시 엄습해오는 불길함에 벌떡 일어섰다. 바쁘게 움직이는 사람들 틈에서 이쪽을 응시하는 눈동자와 마주쳤기 때문이다. 땅딸막한 키에 검정색 양복을 입은 남자는 스쳐지나가면 금방 잊어버릴 같은 외모였지만 눈빛만큼은 남달랐다. 몇 달 전에 마주쳤던 늑대인간의 눈동자와 비슷했다. 침을 꿀꺽 삼킨 잭이 그쪽으로 다가가려 하자 검은 양복을 입은 남자가 손바닥을 보이며 오지 말라는 시늉을 했다.

"지금은 때가 아니야, 친구."

거리가 제법 떨어져 있었지만 검정색 양복을 입은 남자의 말은 바로 옆에서 들리는 것처럼 생생했다.

"난 너 같이 못생긴 놈을 친구로 둔 적이 없어."

"오해가 좀 있군. 내가 말한 친구는 맞상대를 할 만한 적수라는 뜻이야."

"정체가 대체 뭐야? 왜 내 앞에 나타나는 거지?"

"오, 오만한 뱀파이어여. 인간들 사이에서 왕처럼 살면서 자신들만이 존재하는 것처럼 굴지. 친구여, 세상은 넓고 역사는 깊네. 신의 선택을 받은 자가 자신들만일 거라는 편견을

버리라고."

"그러고 보니 얼마 전에 냄새나는 놈을 하나 만난 적이 있긴 한데…."

잭의 말에 남자가 입술을 떨면서 으르렁거렸다. 주도권을 잡은 잭이 계속 이죽거렸다.

"하는 짓을 보면 꼭 뱀파이어로 태어나지 못한 게 한인 것처럼 굴더군."

"너희들과 우리의 싸움은 신이 정해준 신성한 운명이야."

"뱀파이어 여왕과 너희 왕은 이미 오래전에 휴전한 걸로 아는데? 지난번에야 멋도 모르고 까불었다 치지만 자꾸 이러면 협정 위반으로 항의할 거야."

잭의 말에 검정색 양복이 어깨를 들썩거리며 웃었다. 흩어지는 파장들 사이로 잭은 공항 안에 그와 같은 존재가 한둘이 아님을 깨달았다. 불현듯 가까워지는 불안감에 잭은 침을 꿀꺽 삼켰다. 검정색 양복을 입은 남자가 혀를 찼다.

"어리석은 뱀파이어들이여. 순진하게 그 약속을 믿다니. 너희들이 인간들 사이에서 편안하게 지내는 동안 우리는 동족을 늘리고, 흩어진 뱀파이어들을 하나둘씩 처치했어. 너희 여왕도 예외는 아니지."

남자가 작은 금관을 잭에게 보여줬다. 여왕을 마지막으로 봤을 때 쓰고 있던 것을 떠올리며 잭은 그 자리에 얼어붙었다. 금관을 품에 넣은 남자가 환하게 웃었다.

"협정이니 뭐니 다 잊어버리라고, 그만 건 애초부터 하지 말아야 했어. 잘못된 선택으로 먹잇감이었던 인간들의 숫자가 늘어나면서 숨어 지내는 처지가 됐잖아. 우린 이 싸움을 싱겁게 끝낼 생각이 없다네, 친구. 터키로 가서 봉인된 여왕을 구해내게. 그러면 우리의 싸움은 더 흥미로워질 거야."

"거절한다면?"

신경을 곤두세운 잭이 주변을 슬쩍 둘러보면서 대답하자 남자가 그럴 줄 알았다는 표정을 지었다.

"얼마동안 너를 관찰하다가 흥미로운 걸 찾았지. 바로 이 여자."

그의 한쪽 손에 어느 틈엔가 고노미가 잡혀 있었다. 놀란 잭이 덤벼들려고 하자 검정색 양복이 손가락을 까닥거렸다.

"장담하네만 친구, 한 발자국만 더 움직이면 이 여자를 갈기갈기 찢어버릴 거야."

"그 여자를 놔줘. 결판 지을 일이 있으면 나랑 하자고."

"그렇지. 분노하라고. 그래야 싸울 맛이 나니까."

검정색 양복이 고노미의 목덜미에 살짝 입을 맞추자 고노미는 그 자리에서 힘없이 쓰러져버렸다. 캐리어를 끌고 옆으로 지나가던 여자가 찢어지는 비명을 지르는 것을 시작으로 사람들이 웅성대며 모여들었다. 그 사이 검정색 양복을 입은 남자는 마지막 얘기를 남겨놓고 사라져버렸다.

"여왕을 구하지 않고 숨어버리면 이 여자의 목숨이 위태로워질 거야. 내 말 명심하라고."

잭은 사람들을 헤치고 고노미에게 다가갔다. 다행히 그녀는 금방 의식을 차렸다.

"잭, 무슨 일 있어요? 내가 왜 여기에 쓰러져 있는 거죠?"

"긴장이 풀어져서 그런가 봐. 일어날 수 있겠어?"

그녀를 부축해서 일으킨 잭은 목덜미에 남은 흔적을 보면서 얼버무렸다.

"비행기 시간 다 됐다. 어서 가자."

그녀와 함께 게이트로 가던 잭이 잠시 걸음을 멈추고 뒤를 돌아봤다. 파도처럼 이리저리 움직이는 사람들 사이에서 낯설고 불길한 기운은 온데간데없이 사라져버렸다.

"왜요? 누구 기다려요?"

기운을 차린 고노미가 물었다.

"아니야. 가자."

고노미의 어깨에 손을 올린 잭이 환하게 웃으며 대답했다.

죽고 싶지 않다고 소리를 지르며 소동을 부리던 진혜린은 결국 구급차에 실려가고 말았다. 먼발치에서 그 광경을 지켜보던 김 변호사는 주차장에 세워놓은 차에 탔다. 옆자리에 앉아 있던 검정색 양복의 사내가 말했다.

"당신 말대로 여자가 약점이더군."

"잭은 처리했습니까?"

"아니, 이제 재미있어지려고 하는데 벌써 죽이면 재미없지."

상대방의 말을 들은 김 변호사가 짜증을 냈다.

"이건 약속이랑 틀리잖습니까?"

"약속? 난 먹잇감들과 약속 같은 거 안 해. 놈은 이스탄불에 가서 뱀파이어의 여왕을 구해내야 할 거야."

"그렇게 하지 않으면요?"

김 변호사의 물음에 검정색 양복을 입은 남자가 코웃음을 쳤다.

"그 여자에게 늑대의 숨결을 불어넣었지. 해독약을 못 먹으면 길어봤자 두 달이야."

"어쨌든 잭이 다시는 내 눈앞에 나타나지 않게만 해주면 됩니다. 그건 약속해줄 수 있죠?"

"물론이지. 그나저나 뱀파이어는 널 해칠 생각이 없어 보이

291

던데 왜 배신한 거지?"

"같이 일을 꾸민 세 명 중에 한 명이 미쳐버렸고, 나머지 한 명은 빌딩에서 뛰어내려 자살했습니다. 변덕이 심한 잭이 언제 날 죽일지 모르는데 먼저 선수를 쳐야죠."

김 변호사의 말에 남자는 대답 대신 송곳니를 드러냈다. 그 모습을 본 김 변호사가 눈살을 찌푸렸다.

"뭐 하는 짓입니까?"

"감히 인간 주제에 배신을 하다니."

"이거 왜 이래요."

사색이 된 김 변호사는 얼른 자동차 문을 열고 나가려고 했다. 하지만 소용없었다. 그의 몸은 이미 억센 손길에 붙잡힌 채였다. 어느새 털이 수북하게 난 늑대얼굴로 변한 남자가 김 변호사의 귓가에 속삭였다.

"잭을 보지 않게 해달라는 약속을 지켜주지. 죽으면 다시는 못 보잖아."

"으아악!"

김 변호사가 발버둥을 치며 고함을 질렀지만 밖에 있는 사람들에겐 아무것도 보이지 않았다.

안전벨트를 풀어도 된다는 사인이 들어오자 승객들이 하

292

나둘 안전벨트를 벗었다. 담요를 목 끝까지 올린 고노미가 잭에게 말했다.

"왜 이렇게 열이 나고 졸린지 모르겠어요…"

"나이가 먹어서 그런 거야."

잭의 농담에 고노미가 힘없이 웃었다.

"나보다 20배는 더 늙었으면서…"

"혹시 말이야, 영원히 살고 싶지 않아?"

잭의 물음에 잠깐 고민하던 고노미가 고개를 저었다.

"싫어요."

"잘 생각해봐."

"참, 깜빡 잊고 안 준 게 있어요."

담요 속에서 꼼지락거리던 고노미가 큐빅이 박힌 반지를 꺼냈다.

"지난번에 펜던트랑 같이 만든 반지예요."

"손가락에 잘 맞네."

잭이 반지를 낀 손을 쫙 펼쳐서 그녀에게 보여줬다. 가볍게 콜록거리던 고노미가 대답했다.

"있잖아요, 왠지 이게 끝이 아닌 것 같아요."

"그게 무슨 소리야?"

"그냥요. 느낌이 그래요. 뭔가 새로운 일이 펼쳐질 것 같은 그런 예감이 들어요."

　"여행은 늘 설레는 법이지. 아직 멀었으니까 한숨 푹 자둬."

　"그럴게요. 어디 안 가고 내 옆에 있겠다고 약속해줘요."

　손을 내민 고노미가 잭의 손을 잡고 말했다.

　"약속할게."

　잭이 고노미의 손을 꼭 잡고 대답했다. 고노미는 만족스런
표정으로 눈을 감았다. 그녀가 깊이 잠든 뒤에도 잭은 꼭 쥔
손을 놓지 않았다.

    2011년 다음 웹소설로 연재되었던 '잭은 뱀파이어'가 소설책으로 나온다는 말을 들었을 때, 정말 놀랐습니다. 오랜 시간이 지났는데도 기억해주어서 너무나 놀랍다는 말을 하고 싶고, 이전보다 더 다듬어진 모습으로『잭the뱀파이어』를 만들어주신 이채진 편집자님에게 감사의 말을 드리고 싶습니다. 너무 오랜만에 읽어본 터라 웃기게도 재미있다고 생각하면서 읽었습니다. 그리고 언제나 책이 언제쯤 나오는지 관심을 가지고 지켜봐주는 가족들에게도 항상 고맙다는 말을 드리고 싶습니다.

    당시에 뱀파이어에 많은 관심이 있었기 때문에 뱀파이어를 주인공으로 각각의 캐릭터에게 이름을 붙이고 큰 고민 없이 시작했습니다. 하지만 어떤 식으로 진행해야 할지 장면을 어떻게 더 풍성하게 만들어야 하는지 고민이 생기면서 더 이상 글을 쓸 수 없을 때가 있었습니다. 적극적인 도움과 조언을 해준 남편 덕분에 무사히 완성했던 기억이 납니다. 또 다른 큰 고민 중의 하나가 분량을 맞추는 것이었는데 무엇을 어떻게 써야 하는지 답답했던 부분이 『잭the뱀파이어』에서 어느 정도 해결되었다는 생각이 듭니다. 잠시 뱀파이어를 잊고 살았다가 『잭the뱀파이어』를 다시 읽어보면서 당시에 뱀파이어와 늑대인간에 대해서 몇 가지 설정했던 부분들이 생각나기도 했습니다. 독자 여러분께서 이 책을 재미있게 읽어주시길 바랍니다.